三天 一生

TROIS JOURS ET UNE VIE

Pierre Lemaitre

皮耶・勒梅特──著

繆詠華──譯

獻給巴絲卡琳娜[1]

茲將真摯情誼獻予吾友卡密爾・楚梅[2]

1 Pascaline，作者的第二任妻子。

2 Camille Trumer，作者的經紀人。

1999年

1

一九九九年十二月底，一連串驚人的悲慘事件衝著波瓦勒鎮猛撲而來，其中最令人震驚的，當然首要屬小雷米·德斯梅特失蹤一事。波瓦勒鎮一帶，森林蓊密，生活步調緩慢，小孩突然消失不見，造成莫大驚恐，許多當地居民甚至視之爲大難臨頭的預兆。

對於身處這樁悲劇震央的安端而言，一切都肇因於一條狗的死：尤利西斯。這條黃白褐色雜種狗，瘦得跟鐵釘似的，身高腿長，但別想弄清楚爲什麼狗主人德斯梅特先生幫牠取了尤利西斯這個希臘大英雄的名字，這一點更增添這樁事件的神祕感。

德斯梅特一家和安端是鄰居。安端當時十二歲，他媽媽一直不准他在家裡養寵物，不准養貓，不准養狗，不准養倉鼠，什麼都不准，因爲養寵物會弄髒家裡，所以他跟這條狗格外親近。

安端一叫牠，尤利西斯就會乖乖走到花園鐵柵欄門口，而且牠經常跟著安端那票死黨一路走到池塘那邊，或是到附近森林。就連安端每次一個人過去的時候，也會帶著牠，乃至於不久之後，安端發現自己竟然像對朋友那樣對牠說話，而尤利西斯都會歪著頭，認眞專注，隨後突然拔腿就跑，代表剛剛交心時刻已經結束。

暑期將盡，安端相當忙碌，忙著跟同學在聖厄斯塔什山崗林間蓋小木屋。一如往常，明明是安端的點子，結果西奧一副是他想出來的樣子，從而聲稱他握有發號施令的大權。西奧對這一小幫青少年的權威，其實來自於他塊頭最魁梧，又是鎮長的兒子。像波瓦勒這種鄉鎮，這些事都很不得了（大家討厭每次都是那幾個人當選，卻又把鎮長奉爲全鎮守護神，將鎮長之子當成寶座繼承人，這種社會等級的形成最初始於商人之間，隨後延伸到社團組織，再透過毛細作用攻下校園）。西奧・韋澤也是班上最叛逆的壞學生，殊不知這在同學眼中，反而成了一種很有個性的證明。每次他父親痛打他一頓——這並不罕見——西奧對自己臉上青一塊紫一塊反而感到自豪，這可是高人一等的打破陳規者必須付出的覲禮納貢啊。平均而言，女孩子相當吃他這套，至於男孩子嘛，則對西奧又敬又怕，但心裡並不喜歡他。安端呢？他對西奧既不羨慕也不忌妒，光蓋小木屋就夠他開心了，他不需要當老大。

自從凱文收到PlayStation作爲生日禮物，一切都變了。聖厄斯塔什森林迅速變得冷清，大家都窩在凱文家玩遊戲，凱文他媽說她寧願凱文在家玩PlayStation，也不要他去森林或池塘，她一直覺得那些地方很危險。安端他媽正相反，她不贊成小孩子週末都賴在沙發上玩遊戲，她覺得這樣會變笨，最後下了禁令，不准安端玩。安端反對這個禁令，並非因爲他喜歡玩電玩遊戲，而是因爲他跟朋友聚在一起玩樂的機會遭到剝奪，害他現在每到週末，都感到特別孤獨。

除了他那票死黨，安端也花了不少時間跟艾蜜莉相處，艾蜜莉是穆修特家的女兒，也十二歲，一頭鬈髮，金黃得跟隻小雞似的，一對水汪汪的大眼睛，一張貨眞價實害人精的臉，任誰都抗拒不了的那種，就連西奧也煞到她，可是跟女生玩和跟男生玩，畢竟是不一樣的。

大家都沉迷於PlayStation，安端只好一個人回到聖厄斯塔什森林，開始在離地三米高的山毛櫸枝葉叢中打造一間空中小木屋。他暗中進行，打算先獨享自己的成果，一旦夥伴玩膩了PlayStation回到森林，就會發現他蓋的小木屋。

這個任務花了他很多時間。他到鋸木廠收集零星油布片來幫小木屋遮雨，把澆了柏油的小塊帆布蓋在屋頂上，鋪上讓小木屋變得美觀的面料，他還整理小木屋附近的生態環境來安置他的寶藏。可是他一直都沒能完工，首先因爲缺乏全面計畫，迫使他再三重做。幾個禮拜以來，這間小木屋占了他所有時間和全副精神，其實想保守祕密並不容易，他想驚艷全校同學，讓大家羨慕得流口水，只可惜一點都不成功。當時，他那群死黨的確是被剛發行的「古墓奇兵」最新版本給迷得神魂顚倒，大夥兒在一起，什麼都不聊，光聊這個。

別人忙著玩「古墓奇兵」，安端則把所有時間都奉獻給他的大作，身邊有狗狗尤利西斯相伴，這並不是說牠派上了多大用場，可是最起碼牠在。尤利西斯在場讓安端想到幫狗狗做個升降梯的點子，如此一來，他爬上樹屋的時候，尤利西斯就可以上去陪他。於是安端又跑去鋸木廠，偷了一個滑輪和幾米繩索，這才終於有了蓋平臺的材料。這個升降裝置是小木屋最後組成的部分，同時也凸顯安端的野心，因爲必須花上好幾個鐘頭才能裝備妥當，首先是他大部分時間都花在追尤利西斯，因爲第一次從地上試飛升到樹上後，一看到要離地起飛，狗狗就產生預期性恐慌，嚇得拔腿就跑。後來，安端在左上角又加上一根棍子，升降臺才終於能夠維持平衡，雖然這並不完全令人滿意，好歹尤利西斯還是上去了。整個上升期間，牠都發出可憐的嗚嗚聲，一等到安端也上來了，牠立刻緊緊依偎著他，一邊發著抖。安端趁機呼吸牠的氣味，摸摸牠，心滿意足地閉上眼睛。下來總是比較容易，尤利西斯向來都等不及平臺降到地上，就會自己跳下去。

安端從他家閣樓拿了一些工具到這邊：一個手電筒，一床毯子，一些可以讀寫的東西，差不多就是這些可以自得其樂的生活必需品。

但是我們不應該從以上種種細節就推斷安端生性孤僻，他那個時候其實是受到他媽媽討厭電玩遊戲機這件事所逼。他的生活充斥著律法規定，庫爾丹太太定下規矩，一本正經，毫無轉圜餘地。自從她離婚以後，整個性情大變，成了一個有原則的女人，單親媽媽經常都會這樣。

六年前，安端他爸就因爲趁換工作之際也換了老婆，隨著提出外派德國的申請，他也提出與白蘭雪．庫爾丹的離婚申請，害她無比哀怨，另外還有一件事也同樣令人驚訝不已，那就是這對夫妻感情向來都不好，安端一出生，配偶間的親密關係就戲劇性地大大疏遠。庫爾丹先生自從離開波瓦勒後就再也沒有回來過，雖然他總會準時寄來禮物，但是禮物跟他兒子想要的永遠有落差：安端八歲的時候，他寄來十六歲的生日禮物，安端十一歲的時候，倒寄來六歲的禮物。安端去過他爸在德國斯圖加特的新家，結果父子倆跟一對上了錫釉的陶製狗那般，大眼瞪小眼，度過漫漫三天，從此達成協議再也不要複製這個無趣的經驗，安端就再也沒去爸爸那邊了。跟庫爾丹太太不適合有老公一樣，庫爾丹先生也不適合有兒子。

去爸爸那邊令他沮喪的這個小插曲，使得安端往他媽媽這邊靠攏。安端從德國回來以後，看待他媽媽的眼光變了，他發現她的生活節奏沉重緩慢，他認爲都是因爲她寂寞抑鬱，隱約還帶著幾絲悲慘哀怨。他覺得自己到了該照顧媽媽的年齡，當然，像他這種年齡的男孩都會這麼想，不過說實在的，她這個女人還眞的不討人喜歡（有時候簡直討人厭），可是安端自認在媽媽身上看出值得原諒的理由，所以不管是日常生活，還是她媽媽的缺點、個性，各種狀況等等，他都能夠原諒她。對安端來說，他無法想像做出讓媽媽更不快樂的事；他很確定自己永遠不會挑戰這一點。

這一切，都跟他生性放不太開有關，天性使然，安端成了一個稍嫌不開朗的小孩，凱文的PlayStation出現，只不過更加凸顯這一點罷了。父親不在，母親嚴厲，朋友遠離，卡在這種三角狀況下，狗狗尤利西斯顯然成了他的生活重心。

牠的死和致牠於死的方式，對安端來說，都是一樁分外嚴重的暴力事件。

尤利西斯的主人德斯梅特先生不苟言笑，性格暴躁，壯如橡木，眉毛紊亂，一臉武士忿怒相，就是一昧確保自身權利，不輕易讓步那型，外加性好爭辯。他從沒做過別的工作，一直以來都在波瓦勒當地最重要企業「成立於一九二一年的韋澤木製玩具廠」當工人，他的職業生涯中大小規模的衝突糾紛層出不窮，兩年前，甚至還當著所有同事的面，甩了工頭穆修特先生一巴掌。

他有一個十五歲的女兒，凡樂婷，她在聖伊萊爾當美髮學徒，還有一個兒子，雷米，六歲，雷米把安端當成偶像，欽佩得五體投地，只要有辦法，就到處跟著他，不過這個小跟班並不會造成安端負擔就是了。說起這個小雷米，他跟他爸簡直就是一個模子刻出來的，小小年紀已經具備未來樵夫的壯碩體格，輕而易舉就能跟安端一路爬上聖厄斯塔什山丘，甚至遠到池塘那邊都沒問題。德斯梅特太太覺得安端很靠得住，是個負責的小孩，萬一她在忙，可以放心把雷米交給他；她是對的。總之雷米那孩子享有相當大的行動自由。波瓦勒這個鄉鎮規模甚小，同一街區，大夥全認識，或幾乎全認識，反正，小孩子們不管在鋸木廠附近，或是森林裡面玩，還是在馬爾蒙或弗澤利爾那一帶玩水，總會有正在工作或經過那邊的大人盯著。

安端很難保守空中小木屋這個祕密，某一天他帶雷米去看了。面對此一技術壯舉，雷米毫不掩飾對安端的崇拜之情，他興奮無比，上下搭了好幾回升降梯。之後就是安端對他一長串耳提面命，「雷米，聽我說，這是祕密，直到全部完工前，大家都不需要知道有這個小木屋，你懂嗎？我可以靠你保守這個祕密嗎？我們不要告訴別人，好不好？」雷米發下重誓，一會兒吐吐沫，一會兒畫木十字架，一會兒又畫鐵十字，就爲了向安端保證他絕對不會透露半個字；跟安端分享祕密，對他來說，就是做了件很不得了的大事，很偉大。他表現出一副自己很值得信賴的樣子。

十二月二十二日，這天相當暖和，比通常冬季的這個時候還高出好幾度。聖誕節即將來臨，安端當然很興奮（這次他希望他爸能夠仔細看他的信，並且送他一臺PlayStation），但感覺比平常還更孤獨一點點。

他再也忍不住，鼓起勇氣，約艾蜜莉過來小木屋。

安端從一年前開始手淫，從此手淫就成了他一日數回的例行活動。不知道有多少次，他只要去森林，都會一隻手撐在樹上，牛仔褲褪到腳踝，邊想著艾蜜莉邊自我紓解。他意識到自己之所以打造了這個樹窩，其實就是打算帶艾蜜莉過來。

幾天前，她陪他走進樹林，眼帶懷疑，望著安端蓋的這個玩意兒，「還要爬上去噢？」她對天才建築工事興趣缺缺，她可是抱著跟安端玩親親的意圖而來，很難想像要在離地三米高處做這檔子事。她扭捏作態了好一會兒，邊把一綹金髮繞在食指上，安端因爲她的反應惱羞成怒，跟她玩調情遊戲的興致一掃而光，於是她又走了。

艾蜜莉到這短暫停留，害安端非常不是滋味，艾蜜莉一定會跟別人說，他隱約感到自己會成爲笑柄。

他從聖厄斯塔什回來，就連聖誕氣氛，和他期待的聖誕禮物也都未能讓他忘卻跟艾蜜莉在一起的挫敗，隨著時間過去，慘遭羞辱的怨懟之情在他心中隱隱成形。

說眞的，今年波瓦勒鎮歡慶氛圍大大染上了擔憂色彩。五花八門的裝飾，廣場上的聖誕樹，鎮合唱團音樂會等等，如同每一年，全鎮無不全心奉獻籌辦年終慶祝活動，只不過今年較爲保守，因爲韋澤公司營運狀況遭到威脅，等同每個人都遭到威脅。消費大眾對木製玩具喪失興趣是不爭的事實，韋澤靠生產木偶、陀螺和梣木製玩具小火車勉力支撐，可是時下都流行送電玩遊戲機給小孩，可以感覺得出來大事不妙，韋澤前景堪憂。韋澤生意一落千丈的傳聞四下流傳，事實上工廠員工已經從七十個變成六十五個，隨後又成了六十個、五十二個。兩年前被解僱的工頭穆修特先生，至今都還沒找到工作。至於德斯梅特先生，雖然他是韋澤的資深員工，但還是憂心忡忡，跟許多人一樣擔心自己上了資遣名單，有的人還聲稱過完節後就會公布……

這天，快晚上六點，尤利西斯穿過波瓦勒主幹道，跑到藥店附近，被車撞了。肇事司機沒停車。

有人把狗帶回德斯梅特家。消息傳開。安端衝過去，只見尤利西斯喘著粗氣，趴在花園，牠把頭轉向安端，安端杵在柵欄門口，目瞪口呆。尤利西斯斷了一條腿，肋骨骨折，非去看獸醫不可。德斯梅特先生雙手插在口袋裡面，盯著他的狗，看了好久，隨後走進屋裡，掏出槍，衝著尤利西斯的腹部，近距離開了一槍，然後就把狗狗屍體塞進裝工程廢棄物的塑膠垃圾袋裡。此案已了。

這一切發生得如此之快，安端嚇得一直張大著嘴，一個字也蹦不出來；不過他也沒有任何人可以說話就是了。德斯梅特先生已經進了家門，關上門。裝有尤利西斯屍體的灰色塑膠袋就放在花園角落，裡面滿滿都是石膏和水泥碎片，那些是一個禮拜前，德斯梅特先生拆掉舊兔棚，又蓋了一個新兔棚的時候扔掉的廢材。

安端深受打擊，黯然回到家中。

他難過到晚上都沒力氣跟他媽媽提這件事，總之他媽媽還不知道就對了。安端口乾舌燥，心情無比沉重，景象歷歷在目，那把槍，尤利西斯的頭，尤其是牠的眼睛，德斯梅特先生的高大身影……安端說不出這件事，連飯都吃不下，他稱說身體不舒服，回到樓上房間，哭了好久。他媽媽從樓下問他：「你還好嗎？安端。」他很驚訝自己竟然說得出來相當清楚的「還好」兩個字，這對庫爾丹太太來說也就夠了。他到很晚才睡著，睡夢中有死狗和槍枝來拜訪，他醒了，疲憊不已。

禮拜四，庫爾丹太太一大早就出門去市場工作。她一年到頭到處打零工，在這些零碎活兒裡，她唯一討厭市場這份工作——都是因爲科瓦爾斯基先生。「小氣鬼，」她說，「他啊，付員工最低工資就算了，每次還拖拖拉拉，連吃的東西，明明就原本要丟掉的，竟然還用半價賣給我們。一大早起床，就爲了賺這麼點塞牙縫的錢，眞不値得！」埋怨歸埋怨，她還是做了將近十五年，「都是因爲責任感哪。」她去工作的第二天立刻就說她覺得他很噁心：科瓦爾斯基先生又高又瘦，一張臉稜角分明，雙頰凹陷，嘴唇很薄，目光如炬，貓一樣神經質，極其符合一般人心目中的屠夫形象。安端經常碰到他，一看到他的臉就挫。科瓦爾斯基先生到這一帶兩年後，買下馬爾蒙熟食店，打從他妻子過世，他才雇了兩個店員。「他才不想雇人呢，」庫爾丹太太嘟囔囔，「他老覺得人已經夠多了。」每個禮拜四他都會去馬爾蒙市場擺攤，還會到附近幾個村鎭去巡迴賣上一圈，波瓦勒是最後一站。科瓦爾斯基先生那張瘦削的馬臉，成了小孩子開玩笑的對象，還幫他取了個外號：「科學怪人」。

這天早上，一如每個禮拜，庫爾丹太太搭第一班客車到馬爾蒙去。安端已經醒了，聽到媽媽小心翼翼把門帶上後，他才起床，從臥室窗戶往外望去，看到德斯梅特先生家的花園。就在那，在一個他看不到的角落裡，有著一個裝有工程廢棄物的塑膠袋……

淚水再次淹沒了他。他不僅僅是因爲尤利西斯的死而傷心，也因爲牠的死與這幾個月來他的寂寞痛苦交相呼應，使得他分外沮喪挫折。

他媽媽都是過了中午才會回家，所以她會把一天拉哩拉雜的瑣事都寫在掛在廚房裡的大黑板上，總會有一些家事要做，幾樣要去拿回來的東西，到小超市去買些雜物，外加沒完沒了的叮嚀：整理房間，冰箱有火腿可以吃，每天至少吃一盒優酪乳外加一顆水果等等。

即使庫爾丹太太本身就是個事先都準備得好好的人，每次她還是能找到一些可以指使安端去做的事，指揮安端做東做西，這方面她超行。安端原本從一個多禮拜來就覬覦著櫃子裡面他爸爸寄來的包裹，從外包裝看起來，跟PlayStation的大小差不多，可是現在他心不在焉，尤利西斯的死以一種殘酷又猝不慎防的方式對他糾纏不休，徘徊不去。

他開始做媽媽交代他的事。他去買東西，沒跟任何人說話，他去了麵包店，只有點頭示意，他連半個字都說不出來。

中午剛過，他就匆匆躲到聖厄斯塔什避難。

他把自己吃不下的午餐收集起來，扔在沿途某處。他經過德斯梅特家門口，強迫自己別看花園裡推放垃圾袋的那個角落，他加快腳步，心臟砰砰直跳，快到都快停了，接近這個地方使得他的痛苦再度油然升起。他緊握雙拳，用跑的，一路跑到小木屋那邊才停。他重拾呼吸，抬起頭，他花了那麼多個鐘頭才蓋好的避風港，如今在他眼裡醜陋得令人懊喪，這些破油布，這些爛布料，上了柏油的帆布，處處顯露貧民窟的窮酸像。他想起艾蜜莉在小木屋前那副敗興氣惱的表情……安端一氣之下，爬上樹，把一切都毀了，把木塊、木板扔得遠遠的，直到把整間小木屋全都給拆了以後，他才下來，累得上氣不接下氣。他靠在樹幹，任憑自己滑落在地，呆了好長時間，不知道自己要做什麼。生命已然失去況味。

他好想尤利西斯。

雷米就是這時候出現的。

安端遠遠看到雷米那小小的身影往前行進，他走得小心翼翼，生怕踩扁蘑菇。他終於來到安端面前，安端雙手抱頭，哽咽顫抖，雷米站在那，胳臂晃來晃去，他看了看樹上面，發現全都被摧毀了，他張開嘴，正想開口，卻突然被打斷。

「他爲什麼這麼做?你爸爸!」安端怒吼。「你說啊，爲什麼這麼做?」

安端氣得站了起來。雷米盯著他，雙眼圓睜，聽著指責，可是聽不太懂，因爲家人只有告訴他尤利西斯跑掉了;他們經常都不會對他實話實說。

就在這一刻，安端被這種不公不義的感覺壓到不堪重負，失去理智。造成尤利西斯死亡的驚人效果轉化成憤怒，安端慘遭怒火蒙蔽，他抓起原本裝在升降梯左上角的那根棍子，衝著雷米揮舞，彷彿雷米是狗，而他是狗主人。

雷米從沒看過安端這個樣子，被嚇壞了。

他轉身往回走了一步。

此時安端雙手捧著棒子，勃然大怒，打了那孩子，打到右邊太陽穴。雷米應聲倒下，安端上前，伸出手，搖了搖他的肩膀。

「雷米？」

雷米八成被他打昏了。

安端把雷米翻過來，拍拍他的臉，這個小男孩仰天躺著，安端看到他眼睛張得好大，目光定定看著他，無神又呆滯。

安端心中很確定：雷米死了。

2

棒子剛從手中落下，安端看著那孩子的身體，就在他身邊。雷米的姿勢有點怪異，安端也說不上來哪裡怪，像被人丟棄的東西……我做了什麼？現在呢？怎麼辦？去找人幫忙？不行，不能把雷米丟在這，不行，他需要做的是帶著雷米去波瓦勒，到狄拉弗醫生那。

「別擔心，」安端輕聲說，「有人會送你去醫院。」

他說話的聲音非常小，彷彿在喃喃自語。

他彎下身子，胳臂滑進雷米身體下面，又站起來。他不覺得重，這樣剛好，因爲他還有一大段路得走。

他開始用跑的，可是在他懷裡的雷米身體，突然變得好重好重。安端停下腳步，不，不是因爲他重，而是因爲他軟趴趴的，頭整個往後仰，雙臂沿著身體垂下，雙腳像木偶那樣晃啊晃的。安端簡直就像抱著一只袋子。

安端送雷米就醫的意願倏忽沒了，他雙膝一曲，不得不把雷米放回地上。

難道他眞的……死了？

安端的大腦面對這個問題頓時卡住，再也無法運行，任何想法再也無法流通。

他轉了一圈，好仔細看看雷米的臉，他蹲下去，蹲在地上看也很費勁，他觀察皮膚的顏色，半張著的嘴巴……他伸出胳臂，但是他沒辦法碰雷米的臉，一堵無形的牆擋在他們中間，他的手撞上這層摸不著的障礙，妨礙他這麼做。

安端心中開始越來越明白自己造成什麼後果。

他站起來，一路哭著，走了很久，他再也沒辦法看雷米的身體。他雙拳緊握，心中激盪到接近沸騰，全身肌肉緊繃，六神無主，走過來走過去，該怎麼辦呢？他淚流不止，什麼東西都看不清楚，他用袖口擦了擦。

突然，一波充滿希望的浪潮淹沒了他，雷米剛剛動了一下！

但願森林能爲安端作證：雷米動了，就是剛剛，對不對？你看到他動了？他彎下身子。

並沒有，連稍微抖一下都沒，什麼都沒。

唯一改變的只有被棒子敲到那個地方的顏色，現在成了暗紅色，大大的傷疤遮住整個顴骨，跟桌布上的葡萄酒斑漬一樣變大了。

他得弄清楚雷米是不是還有呼吸。安端在電視上看過一次，把鏡子放在嘴唇下方，看看會不會起霧。可是在森林裡……哪來的鏡子？

安端無計可施，只能儘量集中注意力，湊到雷米身上，耳朵貼近雷米的嘴巴，可是森林裡各種聲響和他的心臟砰砰跳的聲音害他根本聽不清楚。

得想別的辦法。安端睜大雙眼，手掌往前推，手指大大張開，朝雷米胸膛探去，朝著他那件「鮮果布衣」牌的T恤一摸……安端一接觸到布料，就鬆了一口氣：熱的！他還活著！他果斷地把手放到雷米胸腹處。心臟在哪呢？他摸著自己的胸膛，好找出心臟確切部位。再高一點，再往左邊一點，他找不到，他想像應該在……他反覆左摸右摸，有那麼一瞬間，他忘了自己在做什麼。有了，他的左手感覺到自己的心臟，右手則放在雷米胸部的同一個部位，一個跳得十分有力，但是另外一個……什麼都沒有。安端一下這一下那，到處都摸了摸，沒有就是沒有，他把兩隻手平放在雷米胸口，感覺不到任何跳動。雷米的心臟停了。

安端忍不住，狠狠摑了雷米好幾巴掌。使勁全力。你爲什麼死了，爲什麼？你爲什麼死了？

那孩子的頭隨著巴掌點過來點過去。安端停下手。他在幹什麼？痛毆雷米……何況他還死了！

他站起來，萬念俱灰。

怎麼辦？他不斷問自己同一個問題，思緒停滯，寸步難行。

他又開始在屍體前面走來走去，邊搓著雙手，他擦了擦眼淚，似一股永無止境的洪流。

他得去警局自首。他該怎麼說呢？「我剛剛跟雷米在一起，一棒打死了他？」

還有就是，他要跟誰說這些呢？巡警隊在馬爾蒙，離波瓦勒八公里。巡警會通知他媽媽，她會傷心死的，她絕對無法承受當一個殺人犯的母親。還有他爸，他會作何反應？他會寄包裹到監獄裡面給他嗎？

安端在牢房裡，牢房很狹窄，裡面還有三個年紀比他大，以逞凶鬥狠著稱的流氓，長得一副《監獄風雲》裡面人物的模樣（安端偷偷看過幾集），其中有一個叫弗農．史林格的傢伙超可怕，他最喜歡小鮮肉；安端在牢裡就會碰到這樣的怪咖，一定會這樣。

還有就是，誰會來牢裡看他呢？於是，我們會看到同學、艾蜜莉、西奧、凱文、校長，一個接一個……安端眼前不禁浮現德斯梅特先生的影像，他那副沉重的骨架子，他的藍大褂，那張國字臉，那對灰眼睛！

不，安端不會坐牢，他根本就來不及，一旦德斯梅特先生知道這件事，就會宰了他，肯定會，就像他對他的狗做的那樣，一槍打在肚子上。

安端看看錶，下午兩點半，太陽高懸頭頂，安端汗流浹背。

他必須做出決定，但某樣東西告訴他，其實他已經做出決定了：他回家，什麼也不說，上樓回房去，彷彿從未離開過，誰會猜得到是他幹的呢？沒人會發現雷米失蹤，直到……他暗自盤算，算得他都糊塗了，他用手指頭算，可是要算什麼呢？得花多久時間才會找到雷米？幾個鐘頭？幾天？還有，大家那麼經常看到雷米跟安端和他那一票朋友混在一起，警方會傳他們去問話……如果是這樣的話，現在這個時候，其他人全都在凱文家玩PlayStation，唯一缺少的只有他——安端——一瞬間，所有目光都會轉向他。

不行，他現在必須做的是確保大家找不到雷米。

那個包了死狗的塑膠袋影像掠過腦海。

擺脫雷米。

雷米失蹤，誰也不知道他怎麼了，對，這就是解決方法，大家會去找他，沒有人會想像得到雷米已經……

安端繼續在屍體旁邊走來走去，他再也不敢看一眼，他會恐慌，妨礙他思考。萬一雷米跟他媽媽說過他要去聖厄斯塔什找安端怎麼辦？

搞不好已經有人開始在找雷米了，安端很快就會聽到聲音叫喚：「雷米！安端！」

安端覺得自己有如困獸，淚水又蒙上眼簾，他茫然不知所措。

得把屍體藏起來，藏到哪裡？怎麼藏？要是他沒毀掉小木屋，就可以把雷米弄上去，沒人會到那麼高的地方去找，烏鴉會把他吞吃殆盡。

安端被自己闖出來的滔天大禍搞得灰心喪氣。他這一生，在幾秒鐘內，就改變了方向：他成了一個殺人犯。

他和殺人犯，這兩個影像搭不起來，沒有人會才十二歲就是殺人犯……悲從中來，不可自抑。

時間一分一秒過去，安端還是不知道該怎麼辦，現在波瓦勒那邊八成正擔心著。池塘！大家會以爲雷米淹死了！

不行，屍體會浮起來。安端沒有任何東西可以讓雷米沉到池塘底部。萬一雷米被撈起來，大家就會看到頭上那重重一擊。大家會以爲是他撞到東西後自己摔到池塘裡面嗎？

安端方寸大亂。

大山毛櫸！大山毛櫸突然浮現安端腦海，彷彿它眞的就在眼前。

那棵大山毛櫸巨大無比，倒在地上已有數年之久。某天，就這樣，毫無預兆便往後倒去，如同耄耋老朽突然撒手人寰那般，大山毛櫸連帶著將一大塊跟成年男子一般高的土板塊整個拔起，從而帶動其他樹木，使得彼此的樹枝條幹交纏成了一大個樹枝格狀編織。好久以前，安端還跟同伴跑進去裡面玩過一陣子，後來他們就對那個地方失去興致，沒人說得上來爲什麼。此外那棵山毛櫸還倒在一個很大的洞穴上，洞裡面，就連在山毛櫸傾倒之前，也從來沒人敢下去，沒人知道那個洞到底怎麼樣，也不知道有多深，但在安端眼裡，那個洞卻是解決方案。

他心意已決，轉過身去。

雷米的臉色又變了，現在成了灰色，血腫擴大，越來越暗沉，嘴巴則越張越開。安端感覺很不舒服。

他向來沒力氣走到聖厄斯塔什另一端，正常狀況下，就得走上將近一刻鐘。

他不知道自己還有沒有眼淚，但他的淚潸然落下，宛若涓流，他以手指拭去淚水，抹在葉片上，他靠近雷米的屍體，彎腰，抓住他的手腕，好細，還溫溫的，好軟，好似沉睡中的小野獸。

安端把雷米的頭轉過去，開始拉……

他拉了沒六米就障礙重重，樹墩，樹枝堆，磕磕絆絆。打從開天闢地，聖厄斯塔什森林就不再屬於任何人，這片枝繁葉茂、不時交相坍倒的濃密灌木叢和喬木林，糾結雜沓到令人難以置信的地步，拉著屍體行進於此，根本就不可能，非用抱的不可。

安端沒辦法解決。

他周圍的森林像艘破舊老船那般嘎嘎作響，他猶豫不決，慌張得直跳腳，不知該如何是好。怎麼樣才能凝聚自己的勇氣呢？

不知道哪來的力氣，不過他驀地一欠身，抓住雷米，使勁用力，一推一提，就把雷米扛上了背。然後他開始走，遇到他跨不過的樹樁，迅速從旁邊繞過去。步伐稍有不對，腳就會絆到樹根跌倒，在他背上的雷米屍體，重如章魚，軟趴趴的，把他的整個背包覆住，安端大喊出聲，聲音傳出去，他邊叫邊站起來，他貼在樹幹，他想聞聞樹的氣息……他原本以爲屍體很僵硬，他看過諸如此類的畫面，死人都跟大門一樣硬，可是，這具屍體正相反，它好軟，柔若無骨。

安端想辦法幫自己打氣。來吧，得把屍體藏起來，讓屍體消失不見，一切就會變好的。他閉上雙眼，往前，抓住雷米的手臂，他彎下腰，再次把雷米負上肩頭，開始走，走得小心翼翼。這麼扛著雷米，他覺得自己好像消防隊員從火災中救出受困民眾，好像《蜘蛛人》裡面彼得．帕克在救瑪莉珍。

天氣相當冷，但他還是滿身大汗，而且筋疲力盡，雙腳有千斤重，垂頭喪氣。不過，再怎麼累，還是得加快步伐，因爲波瓦勒那邊已經開始擔心了。

而且他媽媽很快就會到家。

而且德斯梅特太太會去找她媽媽問她雷米在哪。

而且他一回家，就會有人問他同樣問題，他會回答：「雷米？沒啊，我沒看到他啊，我在……」

在哪？

安端爬過樹樁，遇到穿不過去的灌木叢就繞過去，他撞到新枝幼枒，絆到地上繞成花狀的不定根[3]，雷米屍體的重量害他搖搖晃晃，他一邊心中正在想，如果自己不在這，那他會在什麼地方呢？可是他什麼也想不出來。「這個孩子稍微缺乏想像力。」去年，就在升上國一之前，桑切斯老師就這麼說他。這個老師向來都不怎麼喜歡他，他只喜歡阿德里安，他是老師跟前的大紅人，一直都是，有時候會聽到桑切斯先生和阿德里安他媽媽的閒言閒語……阿德里安他媽媽跟安端他媽媽完全不一樣，那個女人會擦香水，走出教室的時候，大家都對她行注目禮，她不但在大街上抽菸，還穿……

他又摔倒了，這種事就是會發生，頭撞到樹幹，肩上重負鬆掉，他大叫一聲，一邊看到雷米飛過他，重摔在地。安端很本能地伸出手……在那一瞬間，他甚至猜雷米會痛，就像活著時那樣。

他看到雷米的背，小腿，小手，可憐兮兮，慘不忍睹。

安端受夠了，他就這麼躺在樹葉裡，沉浸在泥土氣味裡，彷彿正在聞尤利西斯的狗毛。他好累，他想當場就睡，鑽進土裡，他也消失。

他就快要放棄，他不會有這個力氣，他辦不到的。

他瞥了一眼手錶，他媽媽現在應該已經到家了。不知道為什麼？這很難解釋，但

3 植物的根不是由種子發芽長出，而是由莖或葉長出來的，稱為「不定根」。

安端竟然又站了起來——都是爲了他媽媽。她不應該得到這種下場，她會死的，他會害死她，她也一樣，要是她知道他……

他掙扎地站了起來。雷米的手臂和腿刮得到處是傷，安端忍不住就是會想像雷米還是會痛，他眞的瘋了，他的腦袋就是容不下某樣東西：雷米死了，不，他就是沒辦法承認。他又把雷米扛到肩上，安端背著穿越聖厄斯塔什森林的不是一具屍體，而是他認識的小雷米，就是那個跟尤利西斯一起登上升降平臺，興奮得哇哇大叫的那個小雷米！雷米好喜歡那個玩意兒。

安端神智不清，陷入譫妄。

他大步前進，看到雷米從那頭迎面走來，笑咪咪的，邊揮手邊跟安端打招呼，他一直都很崇拜安端。「唷，不錯嘛，這是一個小木屋嗎？」他從下往上看，仰望高處，一個圓臉小男孩，兩眼靈活傳神，對他這個年齡來說，他講話講得相當好，對，他是個小男孩，他的想法也跟一般小男孩一樣，可是他很好玩，會問一些好玩的問題……

安端沒注意到自己已經走了一大段路，他到了。就是這邊。那棵倒著的大櫸木。爲了能夠去到樹幹和樹幹下面的洞那邊，得跟不知趣的灌木叢打上不少場架才到得了，尤其是因爲這部分的森林還特別陰暗，所以分外困難。

安端再也什麼都不想，只一昧繼續往前，好幾次都失去平衡，能抓到哪算哪，差一點就什麼都沒抓著，襯衫袖口處被撕破了，但他依然前進。雷米的頭撞到一棵樹，發出一聲巨響……安端的胳臂被荊棘纏住兩次，他還得扯開才能脫身。

歷經長時間游擊戰後，好不容易終於到了櫸木腳下。

兩米開外，就在櫸木碩大根部下方，黑漆漆的洞穴張開大嘴。得先爬上一個小土丘才下得去。

於是安端小心謹慎地把屍體放在腳邊，低下身子，像滾地毯那樣開始把屍體滾上小土丘。

雷米的頭到處撞來撞去，安端閉著眼睛，繼續往上推。他重新張開眼睛的時候，已經推到小土丘半腰處，逐漸靠近這個巨大裂縫，令他心生畏懼，好像即將進到熔爐入口，食人魔的血盆大口。沒有人知道裡面有什麼，就連洞到底深不深都沒人知道。還有就是：這個洞究竟是怎麼來的呢？安端一直以爲這個洞是從前另外一棵樹被連根拔起後的樹墩留下來的，而現在這棵櫸木又剛好倒在上面。

好。現在，他到了。

安端並沒有已經解脫了的感覺。小雷米的屍體躺在腳下，就在大洞邊上，他們兩個都被這棵躺著的碩大櫸木樹身給擋住。

現在得把雷米推進去。安端下不了手。

他頭痛，雙手按著太陽穴，大聲嚎叫。他滿懷悲愴，靠著樹幹支撐，右腳往前，滑進雷米側臀部，稍微把他抬起來一點。

他雙眼朝天，右腿猛地一用力。

屍體慢慢滾動，滾到洞口似乎猶豫了一下，隨後晃了晃，一下子就掉了進去。

雷米留在安端記憶中的最後一個影像就是他的手臂，他的手想抓住地表，硬撐著別掉下去。

安端呆愣在原地動彈不得。

屍體已經消失了，但他還是抱有疑問，於是他跪下，伸出手，一開始還怯生生地，往洞裡摸索。

什麼都沒摸到。他爬起來，完全茫然。什麼都沒有。沒有雷米，什麼都沒，一切都消失了。

除了那個手指頭捲成一團的小手慢慢消失的影像之外……

安端掉頭，大步大步，機械式地，跨越灌木叢。

到了矮樹叢邊上，他開始飛奔，跑下山坡，跑，跑，跑。

最短那條捷徑得穿過兩次馬路。安端蜷縮在矮樹叢中。由於他在一個彎道出口，害他看不到會有什麼東西過來，他只好豎直耳朵，心臟偏偏跳得噗通噗通響，真討厭……

他站起來，迅速朝左右各瞄了一下，心中已有定奪。他跑著穿過馬路，又深入林中，科瓦爾斯基先生的小麵包車突然在這個時候出現。

安端跳進水溝，動都不敢動。小麵包車順著馬路開去。

安端沒浪費時間，立刻又開始跑，跑到離鎮上三百米處，才在濃密灌木叢裡稍待片刻，但他覺得自己沒時間想太多，正相反，他得迅速決定。於是，他離開叢林，開始用一種他希望看上去很若無其事的步子走路；一邊調整呼吸。

他看起來正不正常？他把頭髮撥整齊。雙手有幾處擦傷，還好看不太出來，他用力拍掉身上的塵土，揮去掛在襯衫、褲子上的枝葉……

他以為自己會不敢回家，結果並沒有，麵包店，雜貨店，鎮公所大門，這些熟悉的地方反而帶他回歸正常生活，遠離噩夢。

爲了遮掩被撕破的襯衫袖子，他想辦法把袖口部分緊緊捏在掌中。

他垂下雙眼，往下一看。

他的手錶掉了。

3

那是一只潛水錶，黑色錶盤，螢光綠錶鍊，外加一堆令人嘆爲觀止的功能：轉速計，標示全世界時間的旋轉盤，還有一個計時器，計算機……那只手錶非常大，跟安端手腕大小不成比例，正因爲這樣，所以他才喜歡。爲了得到授權，動用存款買這只錶，他硬是纏著他媽媽好幾個禮拜，派上一堆承諾和各種擔保，還被他媽媽上了一堂節儉、必需品和無意義長物、管控慾望等概念的道德說教課，外加其他一些說不清道不明的觀念，他覺得是她媽媽從親子教養雜誌、文章上頭看來的。

這只錶突然不見，他要怎麼自圓其說呢？因爲他媽媽一定會擔心，這是絕對可以肯定的，這些東西，難逃她的法眼。他該循著腳步回去找嗎？他是在哪邊掉的？搞不好手錶掉在大櫸木下面的洞裡？萬一他是在回家途中掉的呢？搞不好就掉在大馬路上？萬一有人找到，這只錶會不會成爲對他不利的證據？更糟糕的是，警方該不會順著這只錶直接就找上他吧？

安端被這些問題給糾纏住，沒立刻注意到德斯梅特家花園裡的異常動靜。

一群七八個人激動得指手畫腳，大部分是婆婆媽媽，其中包括：從來不在自己店裡的雜貨店老闆娘、凱納維勒太太、克蘿汀娜，就連瘦到皮包骨的安東奈提老太太都在，話說這個安東奈提老太太，她都用顫音說話，一雙巫婆般的藍眼睛直勾勾地盯著你瞧，一臉惡毒，少惹爲妙。

這一大群人遮住了德斯梅特太太的身影，只聽得到她略帶鼻音的微弱嗓音。一年到頭她都傷風感冒。「對木屑過敏，」她每次都以這種博學口吻來解釋病情。「住在這種地方，還能怎麼樣呢？」語畢，她又垂下雙臂，雙手在大腿上拍打，弄出一種賞人巴掌的聲響，藉以強調她這可都是命中注定啊。

安端一看到花園騷動，就減慢速度，他聽到身後傳來匆匆腳步聲，是艾蜜莉。她氣喘吁吁，正想過來他這邊，此時剛好有個聲音喊道：

「他在這，這裡！安端在這裡！」

德斯梅特太太左推右擠出了花園，一方繡帕在手，朝安端這邊奔來，那一整群尾隨著她齊衝過來。

「你知不知道雷米在哪？」她連忙問道。

就在這一刻，安端意識到自己完全不是說謊的料。他喉嚨縮緊，說不出半個字，唯有搖搖頭，表示不知道。

「唉，」德斯梅特太太脫口而出。

以一種憋著的聲音發出來的這聲「唉」，光這一個字就帶著偌大擔憂，安端差點就當場淚流滿面，還好雜貨店老闆娘此時插嘴，他才忍了下來。

「他沒跟你在一起？」

他咽下口水，東張西望，目光落在艾蜜莉身上，她衝向安端，衝到一半就停了，極其好奇地注意著這一幕。他終於還是小聲應了一下：

「沒有。」

安端幾乎崩潰，雜貨店老闆娘又開口發問：

「你最後一次在哪看到他？」

安端正準備說今天都還沒看到雷米，他面白如紙，隨便指了指花園。七言八語又更多了。

「拜託，」雜貨店老闆娘嚷道，「這孩子總不至於憑空消失吧！」

「只要他有經過附近，就有人會看到他。」

「誰知道呢！」

德斯梅特太太繼續盯著安端，不過看上去她的目光好像穿透安端，到了此時此刻，她才眞正意識到發生了什麼事。只見她下嘴唇耷拉著，目光呆滯，她那沉重的心情一路沉到安端內心深處。

他慢慢轉身，看都沒看艾蜜莉一眼，便往自己家中走去。開門前，他回頭看了看，發現德斯梅特太太跟普瑞維爾先生的老婆竟然奇異地有相似之處。普瑞維爾太太也是個鄰居，她精神耗弱，自從十五多年前他們家的獨生女過世後，她有時候會逃離看護監視，私自跑到大街上，整個人惶惶不安，在街上大吼大叫。

在當下這個場景中，金髮艾蜜莉的鮮嫩亮麗跟德斯梅特太太的沉重不幸正好形成痛苦對比。

安端往家中走去，這才鬆了一口氣。客廳裡裝飾著美侖美奐的聖誕樹花環，宛如商店招牌那般光彩閃爍。

他撒了謊，他們相信他。難道他就這麼脫身嗎？

可是那只錶……

他媽媽還沒回來，不過她很快就會到家。他爬到樓上，脫掉襯衫，把襯衫滾成一團，塞到床墊下。他換上乾淨T恤，走到窗前，輕手輕腳掀開窗簾，看到街上德斯梅特先生他那龐大身軀正從工廠回來，朝著自家花園方向走去，那一小群人則又折返，全都回到原地。他渾身散發出這麼強大的力量，如此粗暴，安端不禁望而生畏……只要一想到這個男人在場，他的肚子就糾結成一團，一陣噁心，他捂住嘴巴，剛來得及跑進洗手間，就歪在……

他們最終還是會發現雷米的屍體，會回來訊問他。

他走回房間，雙腿一軟，跪倒在地。

或許不到一個鐘頭，或許有人在小路上撿到他的手錶，發現他說謊。巡警隊的人會包圍他家的屋子，以免他逃跑。警方會包圍這邊，三個巡警，就連四個都有可能，而且全副武裝，他們緊貼著牆，慢慢爬上樓梯，同時，屋外的擴音器正責令他投降，「雙手高舉到頭頂，從樓上下來！」他沒辦法幫自己辯護，警方很快就將他銬上手銬，「雷米就是你殺的？你把屍體藏在哪？」

或許警方會把他的頭部罩起來，免得丟人現眼。他會從他媽媽面前經過，他媽媽昏倒在一樓，口中不停重複呼喚著「安端，安端，安端！」全鎮的人都湧到街上，只聽得哭喊聲、咒罵聲四起，「你這個混帳東西，凶手，殺小孩的凶手！」巡警把他推進警用箱型車裡，但此刻，德斯梅特先生突然半路殺出來，手那麼一比，掀開遮住他臉部的外套，他要安端親眼看著他把步槍頂在腰際，開槍射擊。

安端感到胃部痛到不行，他又想去洗手間，但他愣在那，跪在房間地板上，整個人呆住，他聽到聲音：

「安端，你在家嗎？」

快，快點糊弄過去，快擺出一本正經的樣子。

他站起來，跑去坐在書桌前。

他媽媽已經到了房門口，一臉擔心。

「這是怎麼回事？隔壁貝爾娜黛特家吵吵鬧鬧的！」

他做了一個莫可奈何的表情，表示「我不知道」，可是貝爾娜黛特．德斯梅特已經問過他，所以他不可能不知道發生什麼事，於是他說：

「雷米不見了，大家正在找他。」

「真的嗎？沒人知道他在哪嗎？」

他媽媽就是這樣。

「媽，既然大家在找他，當然就是沒人知道他在哪，否則就沒人會找他。」

可是庫爾丹太太並沒聽他講，而是已經往前走到窗口。安端站在她後面。

自從德斯梅特先生到家後，花園裡面的人又比之前更多，他那些咖啡廳的死黨，他在韋澤的同事，全都來了。鋼灰色雲朵在晦暗天空中滾動，在這種暮光下，這些人圍著德斯梅特先生聚在一起，在安端眼裡看來活像一群警用獵犬。一陣涼意傳遍全身，他打了個哆嗦。

「你冷啊？」他媽媽問。

安端不耐煩地揮揮手。

窗口下面，所有人的目光都轉向正走進花園的鎮長。庫爾丹太太打開窗戶好看個仔細。

「等等，等等，」韋澤先生說，他說話經常都重複用語。

他一隻手張得大大的，比出了個「不」的手勢，就伸在德斯梅特先生胸前。

「不要隨隨便便打擾巡警！」

「什麼意思？『隨隨便便』！」德斯梅特先生大聲吼道。「我兒子失蹤，你難道都不痛不癢嗎？」

「失蹤，失蹤了……」鎮長重複說道。

「難道你知道他在哪嗎？一個六歲的小男孩，誰都沒看到，從……（他看了看錶，皺著眉頭，計算時間）快三個小時前，對你來說，難道這樣還不算失蹤？」德斯梅特先生說道。

「好，你最後一次是在哪裡看到你兒子？」韋澤先生問，很明顯，他想讓自己比較具有建設性。

「他不是跟你走了一小段路嗎？羅傑，是不是？」德斯梅特太太說，聲音發抖。

德斯梅特先生表示贊同。他每天都會回家吃午飯，等他又要出門回工廠的時候，雷米經常都會跟著他走幾步，然後那孩子再自己乖乖回家。

「他掉頭回家的時候，你在哪呢？」鎮長問。

感覺得出來，這位韋澤工廠老闆好像把他當成犯人在審問，德斯梅特先生聽了不太高興。難道說他現在還要以跟在工廠同樣的方式來對他家發號施令嗎？他勉強克制住怒火，回道：

「這應該由巡警負責，而不是由你負責吧？」

他比鎮長高出一個頭，要是他站得很靠近鎮長，還更可以凌駕於他之上。有鑒於德斯梅特先生說話聲音洪亮，看得出來韋澤先生卯足了勁兒，以免氣勢被他壓下去，這攸關他的權威與尊嚴。女人閃到一邊，男人靠上前來，在某種程度上來說，其實可以說他們是圍了上來：全都是些工人，爲人父者，要不就是韋澤工廠工人的父老兄弟。工廠老闆與員工的這種意外對峙，喚醒了重壓在每個人身上的失業威脅。就德斯梅特先生這方面，沒人清楚最害他氣憤的究竟是哪個身分？是雷米的父親呢？還是韋澤的工人？

凱納維勒太太對德斯梅特先生和波瓦勒鎮長兩人劍拔弩張的對衝爭論沒多大興趣，她選擇主動出擊，打道回府，拿起電話報警。

巡警到來，庫爾丹太太再也忍不住，衝到外面。

其他鄰居也靠上前來，路人停下腳步，不在場的也被叫了過來，沒辦法進去德斯梅特家花園的，就杵在大街上，這一小群人一擁而上，議論紛紛，彼此探聽，但是交談的聲音都很小，大家低聲嘟囔，沙沙聲中，聽得出語帶關心，語氣沉重。

巡警隊廂型車令安端心浮氣躁。

警車經常在鎮裡來往通行，巡警的臉大家都認得，而巡警也會很高興停在咖啡館前面跟大家聊聊，但是他們在公開場合都只點不加酒精的飲料，而且還堅持非自己買單不可。巡警有時候會介入協調口角爭執事件、交付官方文件等等；巡警到來總是會造成小小騷動，大家不知道這會兒又牽扯到誰啦？要是警車停在不遠處，大家還會故意湊過去。

安端不懂警方官階，他只覺得帶頭的那個相當年輕。很奇怪，他覺得放心。

三名巡警分開人群，走進花園。

帶頭那個三言兩語，簡短問了德斯梅特太太一番。安端豎直耳朵，聽她怎麼回答，卻看到巡警拉住她的胳臂，硬要她回家去。

德斯梅特先生跟著進去，邊回頭看了看鎮長，這會兒輪到鎮長試圖跟著他們幾個進去。

然後就看不到那幾個人了。大門緊閉。

其實花園裡的這一小人群人又分成好幾組：基於關心、韋澤工人、彼此認識的街坊鄰居、學生家長，但是沒有人顯出絲毫撤退的動作。

安端注意氣氛變了，巡警隊到來使得原本的小狀況提高到真正大事件等級。這不再是單一事件，而是成了攸關全鎮的大事，安端感覺到了。此外，在場眾人的聲音更爲壓抑，詢問更加急切，這一切他也都看在眼裡，因爲這一切都跟他息息相關；目前這種轉折更具威脅性。

他急忙關上窗戶，他又得去洗手間。他坐在馬桶上，身體彎成兩半，可是沒有東西出來，他的肚子在沸騰，飽受可怕痙攣所苦，他將兩條胳臂緊緊貼在……

他聽到聲音……驟然就不疼了，他抬起頭。他想起有一次在森林裡面嚇了他一大跳的那頭鹿，牠靠著兩隻後腿站立，豎直身子，慢慢轉過頭，鼻子朝天，牠看不到的東西，就試圖想用聽的，牠一感覺到安端存在，就在一瞬間，頓時成了一頭被追捕的動物，神經質、緊繃……

安端立刻意識到他媽媽並不是一個人，有雜音傳來，男人的聲音。他站起來，甚至連牛仔褲的腰帶都沒繫好，就衝回房間。

「我去幫你找他。」他媽媽一邊說，一邊開始爬樓梯。

安端儘可能退到離門越遠越好的地方，他應該要故作輕鬆狀，可是他來不及。

「這幾位是巡警先生，」他媽媽邊說邊進了房間。「他們想和你談談。」

她的語氣絲毫不擔心，安端甚至聽出來帶著某種貪婪：她兒子，也就等於包括她在內，是當局感興趣的對象，警方徵詢他們，他們可以說話，他們很重要。

「要跟我談……什麼？」安端問。

「當然是談雷米啊！」

安端竟然會問出這種問題，庫爾丹太太幾乎都嚇了一大跳，不過讓他們兩個人最不安的當然還是巡警上門。

「我可以進去嗎？」

巡警隊長一個人慢慢進到房裡，慢歸慢，但無比權威。

安端看不出他的年齡，反正沒剛剛看到在花園裡面的時候那麼年輕。他只顧帶著自信的微笑看著安端，雙眼很快對全房間的東西掃過一遍，他走過來，蹲在安端面前。他的臉頰剃得光光的，雙眼銳利深邃，耳朵相當大。

「告訴我，安端，你認識雷米．德斯梅特吧，對不對？」

安端嚥下口水，點點頭，回答得很肯定。巡警一隻手伸向他的肩膀，伸到一半停在半空中。

「沒什麼好怕的，安端。我只是想知道，你最後一次看到他是什麼時候。」

安端抬起眼睛，看到他媽媽倚在房間門口參與整個場景，一臉滿足，簡直就帶著驕傲。

「安端，你應該看我才對。回答我。」

巡警隊長的聲音已經跟剛剛不一樣了，現在比較堅持，他要答案……而那個答案，安端並不算眞正想過。回答德斯梅特太太的時候比現在簡單多了。他轉向窗戶，好找到勇氣。

「在花園裡，」他終於說出口了。「那邊，花園裡。」

「幾點的時候？」

事實上安端的聲音並沒有過分發抖，並沒有比任何十二歲男孩接受巡警盤問時抖得更嚴重，他因而受到鼓勵。

他想了想：剛剛德斯梅特太太是怎麼說的？

「差不多一點半的時候。」

「很好。雷米在花園做什麼？」

回答突然就冒了出來：

「他在看那個裝了狗的袋子。」

巡警皺起眉頭。安端瞭解到不解釋一下，他的回答就不夠清楚。

「雷米他爸爸昨天殺了他的狗，把牠裝在垃圾袋裡面。」

巡警微微一笑。

「那好，我說波瓦勒還發生了不少事嘛。」

可是安端沒心情開玩笑。

「好吧，」巡警又說了。「那個垃圾袋在哪？」

「在那邊，」他說，邊指著窗戶，「在花園裡面。跟瓦礫堆在一起。他開槍把狗打死以後，就把牠裝到一個垃圾袋裡面。」

「所以說那時候雷米在花園裡面看垃圾袋，對不對？」

「對。他在哭。」

巡警抿起雙唇，「是啊，這個我懂。然後你就沒有再看到他了。」

安端搖頭表示沒有。巡警瞪大眼睛，雙唇噘起，專注於他所聽到的回答。

「你有沒有看到車子或是類似的東西？」

「沒有。」

「我的意思是，都沒有什麼不尋常的嗎？」

「沒有。」

「好。」

巡警雙手置膝，弄得喀喀作響，好，問是問了，可是這件事還沒完。

「謝謝你，安端，你剛剛說的對我們幫助很大。」

巡警站起來。走出房間，對著正準備跟著他走進樓梯的庫爾丹太太稍微打了個招呼。

「啊，對了，安端，跟我說一下，」他停在門檻，轉過身來。

「你看到雷米在花園的時候，你，你正要去哪啊？」

反射回答：「去池塘。」

安端覺得自己回答得很快。太快。

於是他又重複了一遍，但是比較鎮定：「我要去池塘。」

巡警點點頭，「去池塘，好，好的。」

4

那名年輕巡警隊長定定站在人行道上，面露狐疑。

他看著聚在街上的人群，人群更密集，更憂心忡忡。

街上人聲沸騰，焦躁不安，大家七嘴八舌評論著事情是怎麼發生的。天色逐漸昏暗，使得雷米會回家的可能性大大降低。到底怎麼了？誰該負責？爲了什麼負責？鎮長在工人群和警車間來回走動，試圖安撫某些人，訊問另外一些……眼看情緒就要集體爆發，因爲每個人，八成基於不同原因，都覺得自己是不公不義的犧牲品，都覺得當下這種情況是個表達出來的大好機會。

年輕巡警隊長哼了一聲，把兩隻手弄得微微喀喀作響，呼叫同事。

幾分鐘內，他攤開一幅地形圖，數著義工人數，跟在學校一樣，誰被點到名，就揚起手指示意。因爲德斯梅特太太自從發現雷米失蹤，就走遍鎮上到處打聽，所以現在該做的是把每個義工分派到鎮外某個區域，還有通往波瓦勒的大街小巷去協尋。

汽車引擎發動，男人抬頭挺胸，在駕駛座上坐好，給人一種去狩獵的印象；鎮長本人則上了鎮公所公務車加入搜尋。儘管大家都出於一番好意，空氣中依然瀰漫著類似征服與復仇心切的感覺，往往唯有在動用私刑和暴力行動中才會發現，那股師出有名的正義之氣。

安端從窗口看到這一幕，很弔詭的，他十分肯定，所有這些遠去的人最後會回過頭來找他。

巡警隊長沒立刻上車，若有所思地觀察著這股同心協力的決心，想讓已經上路的人停下來恐怕不容易。

全省已接獲警戒通報。

小雷米．德斯梅特的照片和他的特徵描述在所有公共場所全面放送。

婦女絡繹不絕前往德斯梅特家陪伴貝爾娜黛特。至於庫爾丹太太呢？她把買來的東西整理好，準備好晚餐，從樓下喊道：

「安端，我去貝爾娜黛特家！」

她沒等安端回答就出門了。安端看到她匆匆穿過花園。

巡警來訪讓安端深受震撼，這個隊長好像猜疑心很重，而且還可以滲透人心。

他不信安端說的話。安端很確定。

那名巡警隊長待在人行道上的方式，讓安端感到無比沉重。他待了很久，一邊想著安端跟他說的話，暗自猶豫，不知道該不該再上樓去找安端問個明白。

安端望著現在一片冷清的花園，不敢輕舉妄動，他覺得只要自己一轉過頭去，就會看到巡警隊長在他房裡，他會關上房門，坐在床上，盯著安端。室外，鎮上出奇安靜，彷彿全鎮命脈盡遭掏空。

巡警一言不發，就這麼過了很久，可是安端知道沉默不語就代表默認。

「所以說，你在池塘那邊？」

安端點頭，「對，是這樣沒錯。」

巡警面露遺憾，撇了撇嘴，嘴巴發出小小聲響以示他很失望。

「你知道會怎麼樣嗎？安端？」

他指了指窗戶。

「過一下下，他們全部都會回來，當然，絕大多數的人什麼都沒找到，可是德斯梅特先生他啊，他會在一條很小的路上停下來，就是通往聖厄斯塔什的那條。」

安端嚥下口水，他希望巡警別再說了，可是巡警心意已決，完全不打算放過他。

「他會在路上發現你的手錶，於是他會一路走到大櫸木那邊，他彎下身子，伸出胳臂，他抓到某樣東西，於是，他開始拉，然後呢？什麼東西就會出現啦？安端？嗯，誰會出現啊？小雷米……徹底死透了。手腳癱軟，他那顆小小的腦袋就跟在你背上那樣一搖一晃，你還記得嗎？」

安端再也動彈不得，他張開嘴巴，發不出任何聲音。

「德斯梅特先生會把小雷米抱在懷裡，帶他回家。你可以想像得出那個情景吧，德斯梅特先生懷裡抱著自己死去的兒子，穿過波瓦勒，後面跟著所有街坊鄰居……你認爲他會做什麼呢？他會邁著穩健的步子回家，他會把雷米交到他媽媽懷裡，然後他會掏出他的槍，穿過花園，爬上樓梯，進你房間。」

就在這一刻，德斯梅特先生帶著他的步槍進到房間。他又高又魁梧，還得低著頭才進得了房門。至於巡警隊長呢？他動也不動，盯著安端，「我早就警告過你，現在想要我怎麼樣呢？」

德斯梅特先生往前跨了一步，槍挺到臀部高度，他的身影遮住了安端和他身後的窗戶，還有整座鄉鎮。

槍聲響起。

安端大叫一聲。

他跪在地上，捧住腹部，吐了一點膽汁。

他願意付出任何代價，只要消失就好……消失……這個想法當場點醒了他。

只要消失就好……

他就是該這麼做。逃。

他抬起頭，這麼明顯的事有如當頭棒喝。爲什麼沒早點想到呢？光明前景把他從呆滯昏瞶中拖了出來，他那空轉著的大腦，再度轉動，他好激動。

他用袖口翻邊擦了擦嘴唇，在房間來回踱步，抓起一本家庭作業簿，一枝筆，迅速把心中想到的東西都記下來，以免漏掉什麼：衣服，錢，火車，（還是搭飛機？），「蜘蛛人」公仔，護照！去德國要用的文件，吃的東西，帳篷（要帶嗎？），旅行袋……

他動作得快一點。今晚就走，夜裡。

明天早上，要是順利的話，他就已經遠在他方了。

他揮去自己想偷偷跑去跟艾蜜莉告別的想法，不用說也知道，她絕對會全部都抖出來。不，他不能去告別，而是正相反，隔天才會有人告訴她，安端獨自展開冒險旅程，她再也不會聽到他的訊息，不，她會，因爲他會從世界各地寄明信片給她，她會秀給全班同學看，晚上她會邊看邊偷哭，她會把明信片珍藏在盒子裡面……

往哪個方向走呢？大家會以爲他往聖伊萊爾方向，那麼他就該往另一個方向才對，他不知道另一個方向會通到哪裡，因爲每次只要他們出波瓦勒鎭，都會從聖伊萊爾那邊出去。他看看地圖。

他的腦筋進入沸騰狀態，動得飛快，每個障礙都會立刻找到排除方法。馬爾蒙車站離這邊八公里，他可以在夜裡走，專門挑離大馬路相當遠的地方走。到了車站以後，他得買票，可是爲了別被認出來，他可以請別人幫他買（他很滿意自己這招）。挑一個女人，會更容易些。他可以說他媽媽剛剛送他到車站以後就走了，忘了把車票給他，他可以拿錢給她看……錢！他的儲蓄帳戶裡面有多少錢呢？

他衝到樓下，差點摔下去，打開玄關的五斗櫃抽屜，存摺在！每年他生日，他爸都會精心餵養，匯錢到他戶頭。一千五百六十五塊法郎！到目前爲止，這個金額還很抽象，他媽媽老是碎碎念，說這筆錢他當然可以花，但是「等你長大以後再說，可以買點有用的東西」。唯一一次例外，就是去年（歷經多大阻力！）買的那只潛水錶。

那只手錶……

安端嘆了一口氣。

存摺上面有超過一千五百塊法郎！這麼多錢，夠他遠走高飛，可以撐上很長一段時間！他把存摺拿到房間，前所未有的興奮。嗯，做事必須按部就班，必須有方法。他迫不及待，選出目的地，首當其衝的問題就是：搭火車去巴黎？還是去馬賽？澳洲和南美洲似乎是最安全的目的地，但他不知道如果從馬賽出發的話……到了當地再看看吧。最好是搭船，他還可以打點零工來支付船費，手上這些錢可以留到那邊才用。他轉了轉地球儀……不，再晚一點，今天夜裡……

行李箱？不行，旅行袋，棕色那個，他媽媽收到地下室的那個。他衝下去。再上樓回到房間的時候，才注意到這個旅行袋可眞大，他拿上樓的時候幾乎都用拖的。他心想：在車站拿著這麼大一包，會像什麼樣子？拿別的袋子會不會低調一點？比方說他的背包。他把兩個袋子並排放在床上，一個太大，一個又太小……得趕緊決定。他選了背包，立刻開始把襪子、T恤往裡塞，他把「蜘蛛人」公仔塞到外面的口袋，然後又下樓把那個大旅行袋拖回原處，順便拿了存摺、護照，還有他去德國看爸爸時，媽媽幫他申請的文件，他從來都不記得怎麼稱呼，啊，對了，出境許可。這個東西還有效嗎？

還在猶豫不決的時候，樓下的門開了。

安端聽出除了他媽媽的聲音外，還有克蘿汀娜和凱納維勒太太。

他躡手躡腳走進走廊。

庫爾丹太太開始準備茶水，三個女人繼續聊著從街上就開始的話題：

「這小傢伙會躲到哪裡去？」

「池塘，」克蘿汀娜說道，「不然妳說他還會在哪裡？一定是掉進池塘裡了啦。」

「現在這個已經不是重點了，我可憐的克蘿汀娜，」凱納維勒太太說。「自從有人看到那個粗心大意的司機以後……」

「什麼？哪個粗心大意的司機？」

「拜託妳，克蘿汀娜！就是壓死德斯梅特先生那條狗的司機啊！」

聽得出凱納維勒太太語帶不耐。克蘿汀娜這個女孩子，人好歸好，可是傻里傻氣，要讓她弄懂某件事不容易。此時，庫爾丹太太以一種她平常用來教訓安端的腔調介入說道：

「那個粗心大意的司機昨天壓死德斯梅特他們家的狗，結果，今天早上有人看到他的車就停在池塘附近。所以說，他根本就經常在這一帶遊蕩。」

「我啊，我覺得是小雷米自己迷路了。」有人看到那個司機的事，令克蘿汀娜感到震驚，所以她態度保留。

「妳自己想想看，克蘿汀娜，從今天下午一點就沒看人看過他，現在都快晚上六點了。大家到處找都沒找到，他才六歲，不可能跑太遠！」

「他一定是被……綁架，天哪，幹嘛綁他啊？」

這一次，沒有人回答。

安端說不上來爲什麼，但是大家想到綁架，讓他覺得放心。他覺得綁架這個假設，會驅離種種對他不利的臆測。

他聽到身後傳來汽車開近的聲音，他衝到窗邊。

三輛。夜幕低垂使得搜索中斷。第四輛到達。隨後輪到鎮公所公務車，鎮長親自開車，停在街上。幾名男子在人行道上低聲談論，原本精神抖擻、堅毅決絕的態度已然消失，現在看起來侷促不安，隱約帶著沒幫上忙的罪惡感。

德斯梅特太太沒等到他們其中任何一個鼓起勇氣來跟她通報毫無斬獲，就衝出屋子，只見她形容枯槁，面色憔悴，聽著一個又一個搜尋結果，每個消息都有點彼此重複。這些人無功而返，夜幕又已低垂，時間不停流逝中……終於，這會兒輪到德斯梅特先生也回來了，他下了車，垂頭喪氣。貝爾娜黛特一看到他，就暈了過去，幸虧韋澤先生及時扶住。

德斯梅特先生奔過去，將妻子攬入懷裡，這哀傷的一行人朝家中走去。

貝爾娜黛特白蠟般的臉色，她的黑眼圈，她咬著拳頭的方式，還有她突然昏厥過去的那個樣子，在在震撼著安端。

他好想把雷米還給她。

他哭了起來，慢慢的，默默的，深沉的悲哀，因爲他知道貝爾娜黛特再也看不到她活蹦亂跳的小兒子了。

很快，她就會看到死去的他。

躺在鋁櫺上，白布覆蓋。她會緊貼著她先生，後者則以一隻胳臂摟著她的肩膀。太平間員工輕輕掀起白布，她會看到雷米黑青的臉，面無表情，頭部右側還有一大塊血腫。她會嚎啕大哭，德斯梅特先生會攙扶著她，他們出了太平間，衝著就在他們附近的巡警揮揮手，「對，就是他沒錯，就是我們的小雷米……」

幾分鐘後，這回到的是巡警箱型車。

安端看到隊長在兩個同事件隨下穿過花園，按了門鈴，隨後又走回花園，但是這次德斯梅特先生卻跟著他們一起，大步走在三名巡警之間，面露憤慨。一行四人往警車那邊走去，其他還在現場的人，立刻迅速集結到警車那邊。

安端聽到喧嘩聲，他打開窗戶。

「你們要帶他去哪？」

「憑什麼？」

「讓他們過。」鎮長喊道，試圖不讓大家遷怒巡警，可是辦不到。

「難道鎮長現在跟巡警同一陣線？跟鎮民槓上了嗎？」

巡警耐心十足，全神貫注，繼續走他們的路，讓德斯梅特先生上了車後，便立即開走。

大多數的男人也各自上了車，尾隨警車開去。

安端不知道自己是怎麼想的？

爲什麼要帶走雷米他爸爸呢？警方是不是懷疑什麼？

啊，要是能夠抓走別人來代替他，尤其是他非常怕的德斯梅特先生……可是他又想到貝爾娜黛特，她才剛剛親眼看到自己的先生被帶走……安端慘遭矛盾影像轟炸，再也不知道如何是好。

克蘿汀娜和凱納維勒太太也走了，庫爾丹太太開始熱晚餐。

安端繼續偷偷進行，爲逃亡做準備。背包很小，他想帶的東西沒辦法全部塞進去，不行就算了，反正他有錢，需要什麼，可以在路上買。

晚上七點三十分左右，他媽媽叫他下樓吃飯。

「你想想看哪，竟然出了這種事！眞是的……」

跟安端一樣，她也在自言自語。

到目前爲止，她已經把整件事當社會新聞看待，好幾年後，街坊鄰居偶爾還會談起的一樁社會事件，因爲她深信雷米會出現的，就她的理解力，她無法想像雷米會眞正不見。她的記憶中還有另外好幾個兒童失蹤的案例，大家也在找……菜飯都放在餐桌上後，她對安端說：

「你看，你阿姨鄰居的兒子……當年才四歲，就在鋪了亞麻的棺材裡長眠，我發誓是眞的！他們搜尋了好幾個鐘頭，事先已經報了警，最後還是你阿姨她媳婦找到的……」

他們同時看到照亮窗戶的警車旋轉燈。庫爾丹太太第一個站起來。她打開門。

巡警箱型車停了下來，不是停在德斯梅特家門前，而是庫爾丹家。

庫爾丹太太刷地一下扯下圍裙。安端站在她背後。

那名年輕巡警隊長朝他們走來。

安端覺得自己死期已到。

「對不起，庫爾丹太太，打擾妳了，警方想跟妳兒子談一下。」

他邊說，邊彎下腰，低下頭，兩眼看著安端。庫爾丹太太皺起眉頭。

「爲什麼又來問他？」

「程序問題，沒有別的意思。安端？」

隊長這次並沒有想儘量讓自己跟他齊高蹲在他面前，而是一直站著。

「安端，你可以跟我一起過去一下嗎？」

安端跟著巡警隊長進了隔壁花園，走近其他兩名巡警所在之處。德斯梅特先生等在那，他也是，一臉鐵青。他雙眼冒火，盯著安端。

巡警轉向安端。

「你最後一次看到雷米，他在什麼地方？指給我看確切的地方。」

所有人都看著他。他媽媽站在他後面。

他到底是怎麼回答貝爾娜黛特的？他到底是怎麼對巡警說的？他記不得自己確切是怎麼說的？他怕搞混。他有提到狗。安端沒動，巡警隊長又問了一次他的問題：

「安端，麻煩你指給我看雷米確切在哪個地方。」

於是安端就瞭解了，隊長故意帶他到這邊來，讓他指認那堆垃圾袋。這一切讓他突然覺得簡單多了。他走了一步，伸直胳臂。

「這邊。」

「你站到最後一次看到雷米的地方去。」

安端走到垃圾袋那邊。他想像自己經過街上，看到雷米在塑膠袋旁邊，雷米正在哭……

他往前。「這裡。」

隊長向他走來，抓起第一個塑膠袋，往他這邊拉過來，打開，朝裡面看了一眼。德斯梅特先生雙臂抱胸，看著眼前這一幕。

隱隱約約看得出貝爾娜黛特的人影，背著光，就在房屋門口，外套翻領緊緊貼著脖子。

「那時候雷米在做什麼？」巡警隊長問。

太長了，幾分鐘，安端還撐得住，可是在這個只有靠遮雨棚那盞燈和街燈昏暗微光照明的花園中，他感覺到自己在貝爾娜黛特、德斯梅特先生、巡警，眾目睽睽的眼光下，還有他媽媽，她想搞清楚隊長問這麼多有什麼用意……還有現在逗留街頭、駐足觀看這一幕的這許多人。

他哭了出來。

「沒關係，我的孩子，」巡警隊長說道，邊摟著他的肩膀。

就在這個時候，他們聽到非常大的拍擊聲，彷彿有鳥兒在遠方振翅。一架直升機飛過聖厄斯塔許森林上方，一道搖擺不定的強光往地面射去。

安端心臟跳動的速度，跟在昏暗夜空中劃出圓形卻看不到的直升機葉片一樣快。

巡警隊長轉身，對著德斯梅特先生，食指在自己的警帽上比了比。

「謝謝你的合作，警方已經發動警戒，有任何新進展，當然都會立刻通知你。」

在另外幾名巡警陪同下，他又往警車那邊走去，然後就開走了。

大家也各自回家。

「巡警隊想釐清事情是怎麼發生的，」庫爾丹太太說。

她關上屋門，用鑰匙上了鎖，回到客廳。

安端站在玄關，眼睛盯著電視上正在播放的雷米那張笑咪咪的臉，頭髮服貼，這張是上一學年度在學校拍的照片，安端看過這件黃色T恤，上面印著一頭藍色小象。

新聞評論員站在孩子肖像旁：「小雷米失蹤的時候就是穿著這件衣服，警方已經對他可能走哪一條路推斷出好幾個假設。該名失蹤兒童的身高為一百一十五公分。」

不知為了什麼？身高這個數字害安端心都碎了。

警方呼籲目擊證人出面協助辦案，螢幕下方以跑馬燈方式秀出電話號碼，警方還提到要派潛水員下去池塘搜尋。安端眼前浮現消防隊員，亮著閃燈的消防卡車停在池塘入口小路上，蛙人坐在橡皮艇邊緣，以快速又精確的動作往後搖擺……

這名女記者年約四十，安端經常在螢幕上看到她，可是今天，他看她覺得好不一樣，因為她以一種沉重、幾乎肅穆的聲音提到：「警方初步搜尋依然一無所獲……」

電視上另外還秀出好幾張頗久以前的波瓦勒照片，八成是檔案照片，以及好幾幅警車在該鎮周遭來回搜尋的路線圖。

「由於天色已黑，迫使警方只能等到明天再繼續搜索。」

安端眼睛離不開螢幕。宣告一樁悲劇，這種社會新聞屢見不鮮，這種似曾相識的感覺令他好驚訝，只不過這次，悲劇與他直接相關，因爲他就是凶手。

「本案交由維爾訥弗檢察官負責，即日起對這樁失蹤案的原因展開司法調查。」

「安端，過來吃飯啊？」庫爾丹太太問道。她轉過身來，看到安端如此蒼白，嚇了一大跳。

「你啊，看看你這個臉色，就算你有什麼事瞞著大家，我也不會驚訝。」

5

安端晚上只稍微吃一點，也就是說幾乎什麼都沒吃。他不餓。

「嗯，當然吃不下，」他媽媽說。「發生這麼多事……」

安端幫媽媽收好桌子，跟每天晚上一樣，他走向她，貼上一邊臉頰，媽媽親他一下，他就上樓回房去了。

他得做好準備，收好背包，大概幾點的時候離開，才不會被別人看見？三更半夜……

他把他的東西藏到床底，突然想到一個問題：怎麼樣才能領出存摺裡面的錢呢？他媽媽法外開恩接受他預先動用這筆錢——比方說買他的錶——每次都是她去郵局領，「你不能自己領，成年人才可以。」他出現在櫃檯前面，行員會要他出示身分證，不，連問都不會問，光看他就知道絕對未成年，不，「你不可以領錢，我的孩子，你得跟你媽媽或爸爸一起來。」

沒錢就不可能逃亡。

造成一切問題。他被迫留下來，束手就擒。

他被打敗了，對，但比他所能想像到的更慘。他看待自己房間擺設的眼光不一樣了，立刻發現自己的背包有多可笑，裡面塞滿襪子和T恤，外加那個從背包外袋冒出頭來的「蜘蛛人」公仔。

遠走高飛、逃跑的念頭讓他昏了頭，難道他真相信自己跑得了嗎？

一陣疲累倏忽襲來，他再也沒更多淚水好流，再也沒體力可透支。

他把背包扔在床上，把存摺和出境文件放進書桌抽屜，隨後躺在床上。

他背著雷米往那棵倒塌大樹前進的影像，再三縈繞在他夢中，那孩子無力的雙臂晃來晃去，這一幕不斷出現在他眼前。

他沒辦法往前，儘管他使盡氣力，距離還是不停拉長。他低頭看了看自己的腳，手錶就躺在腳邊，手錶跟在現實生活中一模一樣，螢光綠錶帶，可是尺寸比較大，大到他想不看都不行。

雷米從他肩上消失，取而代之的，是安端戴著這只奇大無比、比一個孩子還重的手錶。他在森林裡面走啊走啊，離聖厄斯塔什越來越遠，他聽到某處傳來聲音，就在他背後，他停了下來，轉身。

是雷米！他趴在黑漆漆的坑裡，他沒死，只有受傷而已，可是他痛得要命，兩條腿和肋骨都斷了。雷米雙手伸出坑外，向著有光線的地方，衝著安端這邊，雷米大聲呼救，要別人把他從這個洞裡救出去。他不想死。

安端！

雷米不停大叫。

安端想幫他，雙腳卻不聽使喚，他看到雷米朝他伸出雙臂，他聽到他的哀求變成慘叫……

安端！

安端！

「安端！」

他驀地驚醒。他媽媽坐在床邊，盯著他，一臉關切，她伸出雙手，緊緊握住安端的手，兩手各握一隻。

安端坐直身子，瞬間清醒，回到現實世界。幾點了？

房裡唯有從一樓照到樓上的昏黃燈光。

「什麼東西把你嚇得叫成這樣？安端，你是不是有什麼心事？」

安端嚥下口水，搖搖頭。

「嗯？你是不是有什麼心事？」

現在是懺悔的時機嗎？如果他完全清醒的話，毫無疑問，他會屈服於擺脫這個對他而言過於沉重的誘惑，他會一五一十告訴他媽媽，但是此刻他還沒能把究竟發生了什麼事情具體化。

「你怎麼穿著衣服睡？你看，連鞋子都沒脫。這不像你。你要是生病了，爲什麼不說呢？」他媽媽摸摸他的胳臂；他很快縮了回去，他不太喜歡跟她有肢體接觸。她沒生氣，青少年就是這樣，她看過關於這方面問題的文章，不用把這些事看成是他衝著你來的，都是因爲這個年齡的關係，會過去的。

「你不舒服嗎？」

「沒，我很好，」安端回道。

庫爾丹太太探了探安端的額頭，一直以來都是同樣的動作。

「這件事當然也讓你很煩心。這整件事。巡警問東問西，你當然會驚慌，沒有人習慣被這麼問話。」

她盯著他，笑得好慈祥，通常情況下，這種態度會惹惱安端，「少這樣看我，我又不是小貝比」，但這一次，他屈服於自己想要得到安慰的誘惑，閉上雙眼。

「好了，」他媽媽終於說道，「把衣服給脫了，睡吧。」她退出安端房間，讓房門開得大大的。可是安端等到快天亮才終於睡著。

6

第二天，天一亮，民防安全局派來的直升機繼續繞行全區偵查，定時會飛過，大家抬頭仰望，目光跟隨著它。全省其他巡警隊也前來助波瓦勒同儕一臂之力，警用廂型車、藍色警車在鎮中心來來回回，穿梭於周遭道路。

雷米失蹤馬上就快二十四小時了。

大夥兒在商家交換消息，悲觀情緒占上風，同時挾帶些許搞不清狀況的憤怒，一會兒衝著巡警，一會兒又衝著鎮公所，警方畢竟耽擱了不少時間才認眞看待這樁失蹤案，不是嗎？他們應該立刻就去找這個小傢伙的。針對警方很慢才介入搜尋這點，意見分歧，有人說延誤了三小時（三小時已經很不得了，失蹤的小孩才六歲啊！），有人說長達五個多小時，其實，大家算的時間都不一樣，因爲沒有人是以同一時間點開始計算。到底是什麼時候才有人意識到雷米這個小傢伙不見的？中午前後？不，少說都到了下午兩點，才有人看到德斯梅特太太在商家擔心。才不是，下午一點四十五分，雷米還陪著要回工廠上班的爸爸走了一段路。好，凱納維勒太太說，就算我們對發現雷米失蹤的時間不太確定，可是鎮公所畢竟還是要採取行動啊。這一點大家幾乎都同意，何況一開始，韋澤先生甚至不打算報警呢！說什麼小傢伙自己就會回家，無緣無故報警，反而會害大家一副大驚小怪、沒事找事的樣子！

安端一直待在房裡，硬逼自己把注意力放在「變形金剛」上，一邊監視著鄰居花園的動靜，只不過花園裡已經沒什麼大不了的事。至於德斯梅特先生，天一亮，他就上路去找雷米，到現在還沒看到他回來。

倒是他媽媽隔不多久就會帶回家一些前後矛盾的消息。

十點多的時候，地方電視臺轉播車從城裡趕到，一名女記者訪問了好幾個路人；新聞團隊拍了德斯梅特家以後就閃了。

中午時分，庫爾丹太太回到家，跟安端說有個中學老師一大早就被巡警傳去問話，可是她又說不出這個老師的名字。

之後，就有消息傳出來：民防安全局潛水員下午兩點左右會過去池塘那邊打撈。

庫爾丹太太（不是只有她而已）去了德斯梅特家，大家都勸貝爾娜黛特千萬別去；勸了也是白勸。下午一點三十分，十來個人在花園裡陪著她，協助她，支持她。一行人出發時，哭喪著臉，活像去參加葬禮，這可不是個有信心的行爲。

安端目送他們逐漸遠去。他是不是也應該去那邊呢？去。他之所以決定去，那是因爲他確定什麼都找不到。

一路上好多人，從遠處望去，很難看出這到底是一列迎神大隊？還是爲了一樁觀光盛事？

安東奈提太太搬了把藤椅坐在人行道上，不知道她在鄙視些什麼，冷眼旁觀絡繹不絕的波瓦勒人，不過她那睥睨的目光，早就沒人搭理。

警方設下安全屏障，防止大家接近池塘，得讓潛水員好好工作哪。貝爾娜黛特在庫爾丹太太和克蘿汀娜攙扶下抵達現場，值班員警不知該拿她如何是好，畢竟不能阻止孩子的母親在場，可是會引起公憤的。這名員警猶豫不決，不讓她進管制區的堅強壁壘開始動搖，因爲已經可以聽到不滿的吼聲傳來，辱罵聲四起，現場狀況有點激動，打從他不放她進去的頭幾分鐘起就開始鼓譟。這名員警覺得乾脆讓她進去算了，同時自問：那麼，他該不該進到管制區去陪陪貝爾娜黛特呢？

幸虧巡警隊長即時到來。他一把拉住貝爾娜黛特的胳臂，親自領著她，走到警用箱型車那邊，還倒了自己熱水瓶裡的茶給她。從她站的位置，池塘那邊發生的事，其實她什麼也看不到，可是她在。

安端留在遠處，艾蜜莉過來跟他站在一起，她想開口聊點什麼，可是她還沒來得及說話，西奧就來了，凱文和所有男孩女孩緊接著也到了，他們也全都擺出一張跟他們父母一樣的臉，說著跟他們父母一樣的話。其中幾個只有遠遠看過雷米，跟他根本就不熟，可是每個人都覺得雷米就像他們所有人的小弟弟，因爲他儼然已經成了全民之子。

「傑諾先生被抓了，」西奧開口說道。

超震撼的消息。傑諾先生是教科學的老師，大塊頭，大家都對他說三道四，還有人在聖伊萊爾看到他出入某些場所……

艾蜜莉驚訝無比，轉過身去對著西奧。

「可是他不在巡警隊，我們今天早上還看到傑諾先生啊！」

西奧斬釘截鐵：

「妳今天早上看到他，那是因爲他還沒被抓。可是我啊，我敢保證，他現在就是在巡警隊，還有……好，我不能再多透露什麼。」

眞的很無聊，說話說到一半，吊人胃口，就是爲了讓大家求他，這就是西奧，老是刻意想讓自己變得很重要。

「拜託啦，我們想知道，」好幾個聲音堅持。

西奧盯著自己的鞋子，抿緊嘴唇，一副看大家態度怎麼樣才要說出來的德性。

「好吧，」他終於還是說了。「可是你們知道就好，千萬不要告訴別人，嗯？」

一陣承諾保守祕密的沙沙聲後，西奧壓低嗓門，安端幾乎聽不見，不得不俯過身去才聽得到：

「傑諾……他是同性戀。有人說他連學生都搞過，還有家長投訴過呢，可是都被搓掉，當然是校長幹的好事！傑諾好像很喜歡幼齒的，你們懂我意思吧，好幾次都有人看到他在德斯梅特家旁邊，甚至還有人懷疑搞不好連校長也是……」

這個消息把這一票人給驚呆了。

至於安端，他搞不太清楚究竟是怎麼一回事。前一天，警方還懷疑過德斯梅特先生，可是才一下下就放過他，今天早上，又換成傑諾先生，搞不好連校長都有份兒，而現在警方又在池塘一帶搜尋，安端確定什麼都找不到。二十四小時以來，他第一次覺得自己胸口微微輕鬆了一點點，風險已經遠離他了嗎？他不能逃走，可是他也不禁納悶：要是大家永遠都找不到雷米會怎麼樣？

一整天，他們就待在池塘附近，這個地方儼然成了第二個波瓦勒鎮，可是這邊除了什麼都看不到外，還什麼都不知道，沒人知道蛙人打撈結果的消息是透過什麼途徑傳到這邊的，不過經過加油添醋後，種種消息倒是又從這邊傳了出去；也就是說，幾乎全部都是掰的。

下午過了一半，根據池塘那邊蛙人搜尋結果顯示，某人因涉嫌重大而遭到逮捕，儘管西奧再三保證就是傑諾先生，對於被逮捕的犯嫌身分，大家依然意見分歧。在這場犯嫌咎罪大賽中，傑諾先生暫時領先，「可是那個司機才是大好人選，就是昨天壓到德斯梅特先生的那條狗的那個司機啊，當場就把牠給壓死欸！」有人說道。「可憐的羅傑，只能把狗裝到塑膠垃圾袋裡，你們覺得抓了那傢伙，就能原諒他嗎？原諒才怪！」「我跟你說啊，其實眞有人在出波瓦勒鎭看到那輛車，一輛飛雅特？還是雪鐵龍？金屬藍車身，隆河省車牌，開車莽撞的司機都是打那來的。」「可是，同一天嗎？小孩失蹤前一天狗不是就被壓死了嗎？」「飛雅特又開回來了嘛，我剛剛不是說了嗎？就是那輛飛雅特沒錯！」

在嫌犯候選人排名中，只怕還有兩三個人名也有上榜的危險，其中包括橋梁鋸木廠老闆達內西先生，不過指稱他涉嫌的消息是從一個叫侯蘭的那邊傳出來的，不太可靠，因爲侯蘭是鋸木廠員工，幾個禮拜前才剛爲了一樁並非空穴來風的性侵事件跟達內西先生幹過架。謠言是微妙的調味料，信不信由你囉——結果警方沒有採信。

至於德斯梅特先生，這會兒他倒是成了被摒除於嫌犯之外的局外人，他是很暴躁沒錯，經常還很粗魯，專門喜歡沒事找事，刻意挑釁，並不討人喜歡，可是光衝著他是波瓦勒本地人這點，他就具備無可爭議的優勢，比起從里昂來的傑諾先生不啓人疑竇多了，至於那個不知從哪蹦出來的魯莽司機就更甭提了。沒有人眞的認爲德斯梅特先生會綁架或殺害自己親生骨肉，畢竟，他爲什麼要這麼做呢？此外，巡警已經把他跟雷米去工廠有可能經過的每一條路都徹底翻過一遍，一無所獲，事實證明他無辜，就連那些看羅傑．德斯梅特不順眼的人也很難懷疑他。

全鎭對雷米那張小圓臉和明亮雙眸都很熟悉，有時候雷米還會因爲你跟他講話而愣住，只要一想到某人，一個戀童癖，竟然對雷米下得了手，一想到這個畫面，大家就良久說不出話，沒人可以想像那有多可怕，連安端也無法想像。因爲隨著一下午過去，他自己對這件事的感知也隨之轉變。他是倒數第二個看到雷米還活著的人，就這點來說，大家有時候難免也會大作文章：安端是在雷米跟他爸走了一段路之前還是之後看到他的？這個問題很嚴肅，這可是一個差了幾分鐘就會整個翻盤的問題。何況，安端也的確眞的重複說了好幾遍當時的情景。大家聚到他身邊，聽他說了第N次他走出他家和那個時間點的關係，每個人彷彿又看到他和小雷米定定站在小雷米父親拆下來的碎石堆那邊，想像自己看到那些垃圾袋，其中一個就包著那隻狗的屍體。搞到最後，連安端自己都相信自己捏造出來的這種說法；他說起這件事，活像親眼看到似的，簡直就像他眞的在那邊，在他眼裡，他的這番說詞跟密集問他話的人的說法越來越趨近於事實眞相。

西奧．韋澤被安端搶了風頭，退居第二線。安端用眼角餘光觀察他，只見中學同學還是一直圍著西奧打轉，西奧則邊低聲說話邊斜眼瞄他。

不知道爲什麼，西奧跟他向來就不對盤。艾蜜莉、西奧和他形成一種非正式的詭異三人行：安端是個好學生，剛以所有學科都很優異的成績念完國一上學期；艾蜜莉的成績普普通通，屬於今年就會被在她上國三的時候導向轉念時尚職校的學生；西奧則懶得要命，偏偏又夠奸巧，所以只有留級一次，他比他們兩個大一歲，但是沒跟安端和艾蜜莉同班，而是跟凱文和保羅。

於是安端和艾蜜莉就成了波瓦勒鎮唯二同班的國一生，他們倆從小一塊長大，外加朝夕相處，這原本應該會拉近安端和艾蜜莉的距離才對，結果並沒用。上次安端在聖厄斯塔什小木屋下，想跟她更進一步的嘗試，已以失敗告終。一般而言，他都不太知道該怎麼跟女孩子相處，跟艾蜜莉，更是雪上加霜，殊不知發生雷米這件事之前，艾蜜莉可是他的夢中情人和性幻想對象啊。

快五點的時候，潛水員停止作業，那些還留在池塘這邊的人也決定回波瓦勒。艾蜜莉跟幾個女生走在一起，安端加緊腳步好跟上她，但他立即感到自己拿熱臉貼人家的冷屁股。她沒怎麼看他，也不太跟他說話。他接受大家問東問西，重複說了無數次雷米這件事，是不是太誇張了？她是不是怪他太愛現？他再也忍不住，使勁拉著艾蜜莉的胳臂，逼她走開幾步。

「都是因爲西奧啦，」她終於說了。想也知道，這沒什麼好奇怪的。

「他嫉妒，就這樣。」安端說。

「哦，才不是！」艾蜜莉驚呼。「才不是這樣！」

她垂下眼睛，心裡卻急於想告訴安端眞相，她沒堅持太久：「他隨口亂說的，他說最後一個看到雷米的是你，而且……」

「而且什麼？」

艾蜜莉聲音變得嚴肅又激動起來：「雷米經常去森林找你。」

一陣痙攣傳遍全身，安端整個人被凍僵，頓時覺得好冷。

「他還說比起在池塘裡面撈來撈去，還不如到聖厄斯塔什那邊去挖挖看。」

晴天霹靂。

艾蜜莉盯著安端看了好久，微微歪著頭，試著想弄清楚這是不是眞的？突然聽到這個消息，安端愣了一下。這個西奧狡詐邪惡，亂吃飛醋，安端向來沒把他的話放在心上，沒想到這次還眞的讓西奧給矇中了。

都是因爲艾蜜莉眼帶疑問，安端才克制不了自己，一衝動就做出跟西奧「討個公道」的這個決定。

他沒花時間去思考一下當前情勢，他這麼做會造成什麼後果，就跑著追上那一群，他全速奔去，伸出兩隻胳臂，使勁捶在西奧背上，因爲反作用力，害他自己也倒退了兩米。女孩子嚇得大聲尖叫。安端衝向西奧，跨坐在他胸口，雙拳緊握，痛毆他的臉，發出一個沒人聽過的聲音，低沉、有機……西奧比安端高壯，可是安端的突襲讓他完全措手不及，當他終於回過神來，撂倒安端的時候，早已滿臉是血。安端發現自己側躺在地，他看到西奧準備爬起來，可是他動作更快，他站起來，左看右看，想找塊石頭，結果發現一根相當粗的棍子，他走了一步，抓起棍子，這時候西奧正搖搖晃晃向他走來，安端雙手捧著棍子，朝西奧右臉重擊而下。

這根棍子有四十公分長，相當粗，竟然一整根應聲打爛。

棍子「碰」一聲打在西奧腦袋，頓時爆裂開，安端手上只剩下一小塊蘑菇色的碎木頭。

這一票人被這個小插曲驚得整個呆掉，因爲沒人想過竟然會出現這種荒謬情景，就算安端攻擊西奧的下場很悲慘，但他剛剛襲擊了一個到目前爲止，從未遭過質疑的權威。

好幾個大人趕來分開交戰雙方，大呼小叫，熱心殷勤，遞手帕的遞手帕，揩血的揩血，還好不怎麼嚴重，西奧只有嘴巴裂開一點。

大夥兒旋即又重新上路，回波瓦勒去。

這群孩子很自發地分成兩國；安端這國的人比西奧那國還多。

安端神經質地把手插進頭髮裡面，因爲這種令他不安的相似性而不知所措、困惑不解。兩天內，他兩度一棒子打了兩個男孩；第一個，根本就不應該被打，但他卻打死了他。

他會變成一個不分青紅皂白、閉著眼睛就亂打人的逞凶鬥狠分子嗎？就跟我們在操場上看到的那些一樣。

他注意到艾蜜莉走在他身旁，不知道爲什麼，他並沒因此感到放心，這只是女生對打架男生的盲目崇拜罷了。

眼看馬上就五點了，巡警箱型車送貝爾娜黛特．德斯梅特回家，這個女人眼帶愁苦，令人揪心。

安端等她母親回家的時候，打開電視看新聞，新聞報導小雷米．德斯梅特的失蹤令人擔心，接連播放了波瓦勒鎮好幾個畫面，首先就是教堂，鎮公所，隨後就是主幹道。新聞報導基於將事件戲劇化的嘗試（內容稍嫌薄弱，因爲記者既沒什麼好秀的，也沒什麼好說的），攝影機鏡頭從鎮中心循線，一路往小雷米他家靠近。

安端就這麼看到了主要街道，廣場，雜貨店和學校羅列閃過，他覺得好有壓迫感……

不，攝影機並沒有接近雷米他家，而是接近他自己家。

攝影機想拍的，不是那個小孩，而是他。

電視畫面終於顯示出他們這條街，穆修特家那棟帶著英式綠窗板的屋子，隨後就是德斯梅特家的花園，藉著具體展現出雷米曾經生活過的地方，來刻意強調這個小男孩不在了的空寂，攝影機讓觀眾看到周遭環境，還刻意在盪鞦韆上停駐，強調遭人棄置的悲涼感，在花園大門停留，因爲小雷米就是推開這扇鐵柵門走出去的。

當將庫爾丹家花園一隅涵蓋入近鏡頭內的畫面出現的時候，安端等著攝影機聚焦到他家這棟屋子上，攝影機掃過他家正面，攝影機在找，終於找到他在窗口後面，攝影機靠近，不再掃來掃去，而是以特寫鏡頭拍他的臉：「這就是殺死雷米．德斯梅特的那個男孩，他還把小雷米的屍體埋在聖厄斯塔什森林裡面，明天一大清早就會被巡警隊發現。」

安端忍不住倒退一步，跑著躲進自己房裡。

庫爾丹太太比平常多花了三倍時間，才終於帶著她從城裡買的東西回到家。安端聽到她在廚房裡面翻來翻去，然後她就上樓來找他，一臉緊張。

「被逮捕的不是學校老師……」

安端扔下「變形金剛」，看著他媽媽。

「是科瓦爾斯基先生。」

7

科瓦爾斯基先生被逮捕，庫爾丹太太和安端的心情都很複雜。安端自責歸自責，但他就是禁不住這麼想：科瓦爾斯基先生被定罪的話——他並沒有自問怎麼可能的這個問題——會比別人被定罪讓他更好過一點，因爲他媽媽在他那工作一直都很不開心，他名聲不好，又色瞇瞇的。搜尋雷米毫無斬獲，池塘疏浚開撈也白忙一場，現在又逮捕了一個科學怪人……安端已經開始想像，搞不好這場噩夢會就此了結？可是……偏偏還有西奧，他那些惡毒的意有所指很可能會引得巡警找上他。西奧到底會過分到什麼程度？他會跟他爸爸還是巡警說嗎？

安端很氣自己一時衝動就跟他打了一架，他應該讓事情就這麼平息下去才對，他眞笨。

「要是我早知道的話，」庫爾丹太太喃喃說道。「科瓦爾斯基先生……」

這個消息顯然令她不安。

「反正妳又從來都沒喜歡過他，」安端說，「他被抓，跟妳又有什麼關係？」

「當然有！這……畢竟是我認識的人，這當然不一樣。」

她好長一段時間都沒說話。安端認爲他媽媽正在想科瓦爾斯基先生遭到逮捕對她的生活會造成什麼影響，她或許擔心的是她的工作吧。

「大不了妳到別的地方做，妳光在那邊一直唸，自己又不想離職。」

「是嗎？你以爲工作這麼好找！」

她很生氣。

「到別的地方做，這種話你去跟明年開春等著被韋澤先生炒魷魚的工人說啊！」

韋澤解僱員工這件事在波瓦勒已經傳了好幾個禮拜，每次一問韋澤先生，他都支支吾吾，「我還不知道，這取決於很多事情，得等到本季帳目出來後再看看。」最近兩個月這段期間，工人看到訂單以較高頻率持續增加，不過每年快聖誕節的時候都會這樣就是了。可是就爲了每禮拜多加幾個鐘頭的班，韋澤先生不得不把三個月前解僱的工人又重新聘了回來，聖誕節旺季可以彌補秋季訂單銳減所面臨的危機嗎？沒有人懂得他在做什麼。

安端經常自問媽媽到底是不是眞的需要工作？十五年來，她一直埋怨科瓦爾斯基先生，結果她賺了多少錢呢？安端不知道確切數目，不過八成不多，他們眞的這麼窮嗎？庫爾丹太太從沒嫌她丈夫給的贍養費少。「好歹就這方面，他還算有良心。」她有時候會這麼說，安端搞不太清楚她究竟在哪方面對他爸不滿。

「好，只怕這件事還沒完呢，」她終於打破沉默，「你現在該準備一下了。」說是這麼說，她的心思卻飄到別的地方。

波瓦勒跟鄰近鄉鎮輪流舉行聖誕彌撒，今年他們這場訂在晚上七點半，隨後本堂神父就得在省道上趕路，因爲他接下來還得連說六場以上。

庫爾丹太太跟宗教維持著審愼的功能性關係。她讓安端去上教義課以免鄰居說閒話，不過，安端不想再去參加的時候，她也沒堅持。她啊，她需要幫助時才會經常出入教會，對她來說，天主是個有點距離的鄰居，碰到祂，我們很開心，三不五時請祂幫個小忙，何樂而不爲呢。她去聖誕彌撒，就跟別人去探望年邁姑媽差不多，這一點也隸屬於她的宗教實用論範疇，宗教之於她，絕大部分都是在遵循慣例罷了。

庫爾丹太太在波瓦勒出生，在波瓦勒長大，也在波瓦勒生活，這個小不拉嘰的鄉鎮，人人彼此觀察，每個人都正在被觀察他的人觀察，在這個小鎮裡面，別人的意見沉重得可以壓死人，任何事都一樣，所以庫爾丹太太一向都該怎樣就怎樣，僅僅因爲她身邊每個人都這麼做，所以她跟著這麼做。她看重自己的名譽，就跟她看重自己的屋子一樣，搞不好甚至跟她自己的命一樣，萬一名譽掃地，毫無疑問她會活不成的。對安端來說，子夜彌撒只是他全年「犧牲」中的其中一項義務，就爲了讓他媽媽變成在她自己眼裡一個值得交往的婦女。

到處都一樣，波瓦勒忠實信徒的人數也大不如前。一年之中，主日彌撒之所以還能聚集那麼多信眾，還不都是因爲同時把馬爾蒙、蒙祖、弗澤利爾、瓦罕尼、波瓦勒幾個鄉鎮的人都聚在一起舉行的關係。

宗教活動是相當季節性的，農事遇到麻煩，牛隻價格大跌，要不就是地方工廠正準備裁員，大多數忠實信徒才會成群結隊去望彌撒。教會提出供給，大夥兒表現得就像有需求才會前往的消費者，就連聖誕節、復活節或聖母升天等一年一度的宗教盛事，也逃不了這種「功利」常規，對「會員」來說，他們繳納會費，是讓他們在一年中可依照自己需求去使用服務的一種方式。在此名目下，聖誕彌撒總是無比成功。

晚上七點一到，波瓦勒許多居民都朝鎮中心聚集。他們本該因爲看到教堂信眾盈門而歡欣鼓舞，可惜這種好興致卻因許多人並未出席的這個事實而遭到破壞。

婦女一到便進了中殿；男士們，總會在教堂前廣場上拖個幾分鐘，抽抽菸啦，握握手啦，問問近況可好，在這個場合會碰到不再聯絡的客戶、曾經睡過的女人、交往過的朋友等等，即便如此，隨著時光流逝，彼此之間的關係也變得不再緊繃。

小雷米．德斯梅特失蹤也造成一種詭異效果，這也是這次子夜彌撒活動這麼成功的原因。每個人在電視新聞上都看到有關波瓦勒的報導，那些不住在本地的人則將兩個截然不同的影像加以合成：他們所知道的波瓦勒鎮根本就平淡無奇，但是隨著時時刻刻過去，不幸的回音盪漾，悲劇影響範圍大爲擴張，波瓦勒也就變得特殊了。

雷米失蹤三十個小時後，就該高度擔心。

人人都在預期結果。

什麼時候才會找到他？還有就是，會找到「什麼」呢？廣場上唯一的話題都圍著這件事打轉，科瓦爾斯基先生遭到逮捕，使得談話分外熱絡。

穆修特太太睜著藍色大眼睛正在聽克蘿汀娜說話，巡警趕到時，就這麼剛好，克蘿汀娜竟然在科瓦爾斯基店裡，實在是太神奇了。

「前後連五分鐘都不到，我發誓。他嚇得要命，那個殺豬的！」

庫爾丹太太問：

「可是，到底有什麼對他不利的地方呢？」

他沒有不在場證明，而且聽說有人在波瓦勒附近看到他的小麵包車就停在森林邊上。

「這個畜牲，那時候他到底在哪？」某人問。

「這哪算證據！」庫爾丹太太說。「我不是想幫他說話，可是，我拜託你們，這畢竟很薄弱！要是開車到處逛就被指控綁架兒童，那我就，我……」

「才不是這樣！」安東奈提太太說。

她講話的聲音很尖，每個字發音都發得清清楚楚，好像每說一個字都是最後一個字似的，使得她每次說話都帶著說一不二、不容置喙的專斷口氣，益發令大家印象深刻。她插進來的這句話非常引人注意，於是所有人都轉向她：

「最主要是因爲這個科瓦爾斯基啊（好在我可從來都沒踏進他家一步），他說不出來那孩子失蹤的時候，自己在做什麼！有人看到他的車，可是他倒好，他卻不記得自己做了什麼！」

她仗著自己這股權威勁兒，沒人想到質疑她：這個消息她是打哪聽來的？尤其是因爲她一直都是波瓦勒鎮消息最靈通的婦女之一，光這點，就夠讓她一副胸有成竹的自有定見狀：

「這畢竟很奇怪，不是嗎？」

庫爾丹太太點點頭，的確，眞的很奇怪，甚至很可疑……可是她似乎並沒有完全被說服。

安端拋下媽媽，跑去加入中學同學那群，每個人都穿著節日穿的正式服裝，正在服望彌撒的苦勞役。艾蜜莉穿了一件印花連衣裙，挺合身的，可是像窗簾布，她的頭髮似乎比平日還要更卷，更金，更飄逸，漂亮得要命，全場男生全都魂不守舍，眞夠瞧的，足以證明她有多美。艾蜜莉的父母，虔誠中的虔誠，向來不會錯過任何一場彌撒，艾蜜莉也從很小很小的時候就開始接觸教義薰陶。穆修特太太一天就可以上教堂三次，她先生是唱詩班唯一一位男士，聲音宏亮，毫不低調地扯開嗓子高聲唱，蓋過所有人的聲音，藉以體現他的信仰有多虔誠。艾蜜莉不相信天主，卻向她那對天主如此忠誠的母親發誓，如果她母親要的話，叫她去當修女都行。

安端一到，這群人頓時鴉雀無聲。西奧，渾身菸味，對他視若無睹，更毫不掩飾低頭看著自己的腳。只見他嘴唇腫脹、暗紅，還結了一小塊嘴皮，他忍不住朝安端瞥來滿是怨懟的一眼，但他是個聰明人，他知道「科學怪人」突然被逮，在大家心目中比他跟安端的恩怨更占上風，何況，他立刻就被凱文吐槽：

「怎麼樣？！你看到了吧？不是傑諾先生，你根本就亂說！」

西奧有一大缺點，那就是：他永遠都不會錯。在這方面，他跟他爸一模一樣，韋澤產品的註冊商標就是：永遠都不會錯。更何況，在這種對他不利的情況下，比任何時候都更重要，他非重新拿下掌控權不可。

「才沒有！」他嗆回去。「條子先抓了傑諾，然後又放了他，我可以告訴你，條子的眼睛可沒放過他。傑諾是同性戀，這是肯定的。這傢伙還眞是個怪咖。」

「那又怎麼樣！」凱文說，他太得意了，好不容易終於有一次機會可以回嗆鎭長兒子。

「那又怎麼樣？那又什麼怎麼樣！」西奧火了。

「哼，結果他們逮捕的是『科學怪人』啊！」

這一小幫人裡面傳出「就是說嘛」的咕噥聲。逮捕科瓦爾斯基完全符合大家一致意見，凱文用一句話就解釋得十分完美：

「他那張臉一看就……」

西奧威信掃地，但他並不打算放棄，還試圖採取迂迴戰術以力挽狂瀾，他說道：
「關於這件事，我知道的比你們所有人都多！那個小鬼……他死了！」
死了……
這兩個字令人天旋地轉。
「他死了？怎麼會？」艾蜜莉問。
談話中斷。公證人瓦納爾先生剛到，看到他推著坐在輪椅上女兒的這一幕，眾人都不禁住嘴。這個女孩年方十五，骨瘦如柴，手腕就連箍餐巾的圈圈都套得進去，她的主要職志就在於裝飾自己的輪椅，從來沒人親眼看到她怎麼裝飾的，不過有人說她訂了一個噴油漆專用的面罩。這臺輪椅是一個不斷更新的新鮮玩意兒，她最近才把特大號可伸縮車用無線天線裝在上面，輪椅看起來就像一隻巨大的五彩昆蟲；有的小孩叫它「瘋狂麥斯」。從她臉上就可以看出她有多開心，她那張臉始終專注，與世無爭，大家都說她聰明絕頂，可是會早死，沒錯，很難想像，難保哪一天，風大一點就會把她給吹跑了。她跟波瓦勒很多小孩同齡，可是她從不跟任何人來往，或許該說沒人跟她來往才對，因爲從她開始生病，家裡就請了家教，她很少出門。
這臺光怪陸離的輪椅進入教堂，看似挑釁。大家自問：不知道天主會不會指責她舉止不當。她和她父親跟在安東奈提太太後頭進來，這個蛇蠍般的女人絕不會放過全世界任何一丁點小碴，這個小小世界可是她從開天闢地以來就厭惡直到骨子底的啊。

「確定他死了嗎?」一行人走過後，凱文才又開口，聲音小得幾乎聽不見。

這個問題很蠢，既然屍體還沒找到，誰能「確定」?不過卻極為貼切地反映出這一小幫人因沉溺於小雷米慘遭殺害的念頭而深感不安的情緒。「死」這個字令人沒法呼吸。安端則想知道西奧會這麼說是爲了語不驚人死不休，好保持自己眾星拱月的地位?還是他眞的別有消息?

「問題是，你怎麼知道的?」凱文打破沙鍋問到底。

「我爸……」西奧開口了。

他刻意讓「我爸」這兩字吊在半空中，然後低頭看地板，邊搖頭，正經八百，一副明明知道卻被下了封口令的樣子。安端再也按捺不住：

「你爸什麼?」

從下午幹架起，安端介入的分量已此一時也彼一時，硬是比西奧更勝一籌。安端輕蔑地瞄了西奧一眼，確定他根本就沒聽到。

「我爸跟巡警隊長談過，他們知道怎麼回事。」

「他們都知道些什麼?」

「他們知道……（西奧好整以暇，深深吸了一口氣）他們有證據，警方現在知道要到哪裡找屍體，只是時間問題，其他部分我就不能再多說了。」

他看了看安端、艾蜜莉和其他人說，補充一句：

「抱歉囉。」

說完後就慢慢轉身，穿過前院，走進教堂。

絕對是虛張聲勢，但是爲什麼西奧第一個就衝著安端來呢？艾蜜莉將一綹頭髮繞在拇指和食指間，若有所思，把頭髮扭來絞去。要是她眞的跟西奧是一對（這對安端來說始終都是個謎），那麼她也聽到了他們怎麼說嗎？她應該沒有聽到才對，因爲她完全沒搭腔……安端不敢看她。

「好吧，那我先進去了，」她終於開口。

她離開這一小幫人，輪到她也進了教堂。安端好想逃跑。要不是就在這一刻，他媽媽出現，他絕對會這麼做。

「過來啊，安端！」

他身邊的人把菸頭掐滅，脫帽子的脫帽子，摘鴨舌帽的摘鴨舌帽，所有人都進去後，教堂大門再度關上。

妳，瑪利亞，妳會懷上那個妳國度子民盼望已久的孩子嗎？

安端坐在他媽媽身邊靠中央走道的位子，艾蜜莉的後頭就在他眼前，通常都會讓他心旌神搖，但是今晚沒有。西奧的話在他腦海中徘徊不去。警方有證據……他本能地摸摸手腕。如果眞有證據，那還等什麼等？幹嘛不立刻來找他呢？

這個彌撒搞不好就是……

值此聖誕良夜，歡迎諸位齊聚一堂歡慶耶穌誕生。

神父是個初出茅廬的小伙子，胖乎乎的，嘴唇很厚，眼神熾熱，走動起來稍嫌扭捏，一副很害羞、深怕會打擾到大家的樣子，可是他信仰虔誠，嚴謹自持，要求甚高，跟他的外形有天壤之別，因爲光看到他的人，反而很容易想像他光著身子，挺著大肚腩，肥胖臃腫，在修道房裡鞭笞自己。

……祂會召喚我們，會給我們帶來平安喜樂與希望。

祭壇左邊有幾名婦女圍在穆修特先生身邊，後者靠頭和肩膀的動作，指揮著她們，在他們前面則是三十年來都把那臺小管風琴彈得震天響的凱納維勒太太。

不時有幾個腦袋轉過去對著教堂門口，沒看到德斯梅特夫婦，大家相當失望。雖然可以理解，不過再怎麼說這可是聖誕彌撒啊。好幾個腦袋轉向門口，竊竊私語。

終於，他們還是來了。

他們手挽著手，跟一般老夫老妻一樣。貝爾娜黛特看起來好像矮了幾公分，臉色蒼白，大大的黑眼圈浮現在眼睛下方；德斯梅特先生則始終緊閉雙唇，一副面臨困境依然處變不驚的男子漢狀；女兒凡樂婷，跟在他們後面，穿著紅長褲，在教堂裡面，在這種情況下，顯得無比突兀。艾蜜莉，大家想法一致，都說她是「公共汽車」，這讓安端很震驚，卻也令他想入非非。

他們經過安端身邊，安端聞到德斯梅特先生的濃重體味，又粗魯又殘暴。

德斯梅特一家三口一走過，安端就看到凡樂婷那又圓又紅的蜜桃臀，以一種瘋狂的姿態左搖右擺，他嘴裡不禁流出味道詭異的口水。

天父派主耶穌來治癒與拯救眾人……

德斯梅特一家從中央走道慢慢往前走。

雖然彌撒並沒有因為他們而中斷，但是他們經過時發出的窸窣聲響，還是造成全場另一種不同的沉靜氛圍，尊重，欽佩，苦痛，莊嚴。

主啊，祢讓神聖無比的今夜閃耀眞光；透過奧義啓示，恩賜低低在下的我們以璀璨輝煌，使得我們得以品味上天的喜悅豐盈。奉祢愛子耶穌基督之名，我們的主。

德斯梅特一家到來彷彿被棄絕的教徒前來安居主懷：貝爾娜黛特步履維艱，德斯梅特先生朝耳堂[4]慢慢前進，剛毅果決宛若野獸，低著頭，沉重的鞋，給人的印象是他要去跟主持這次彌撒的神父相會，準備好要向天主討個公道。

他們走到最裡面，停下來，前排座位已經坐滿了，於是他們又轉回中殿，看似想從反方向走回來，然後走出教堂。凡樂婷走到她母親身邊，這三個人對著滿堂信眾排排站，在這幅畫面中，裡面有著一頭硬憋著怒氣的鬥牛，一個愁雲慘霧的女人，以及他們那不成熟、渾身散發著性魅力與挫敗氣息的女兒，一看就令人心碎。一看就少了小雷米的這一家，在此將這幅悲痛景象獻給天主。

沒有人知道會發生什麼事。安端雖然離得很遠，當德斯梅特先生抬起頭來，尋求協助，看看有沒有位子可以就座的時候，他散發出的凶殘能量，安端整個人還是感受到了。他忍不住偷偷瞄了穆修特先生一眼，打從德斯梅特先生在工廠賞了他一巴掌那個小插曲後，他就對小雷米他爸深惡痛絕，話說回來，德斯梅特先生專門惹事生非，

4 教堂中與大殿十字交叉的地方。

的確在波瓦勒到處惹人厭。面對這幅他提供的景象，第一排的人畢竟還是硬生生起了一陣騷動，好幾個人倏地起立，讓出座席，從側廊沿著中殿走到教堂最後面。德斯梅特一家終於入座，正對著主持彌撒的神父。

是的，爲了我們，一個孩子誕生了，天父將祂的親生子賜予我們……

德斯梅特消失在安端的視線之外，艾蜜莉轉向他，怪異地死盯著他看。她這麼看我是有什麼問題嗎？難道她知道些什麼？安端急躁地想找出艾蜜莉這樣看他有什麼意思？可是她又轉過頭去。這個訊息是什麼意思？她想跟他說什麼呢？

剛剛西奧說「警方現在知道要到哪裡找屍體」，艾蜜莉靜得出奇。安端本能地朝教堂門口看。

「有證據」……

簡直就是一言驚醒夢中人：安端從艾蜜莉的眼光中看出她勸他別待在這。逃走！就是這樣！警方等著聖誕彌撒完後就要抓他，他已經落入圈套。教堂外面，巡警已經設好警戒線……

明天地球上的罪就會遭到消滅，救世主會重新統領我們。

安端會被一大群忠實信徒堵在出口處。每個人都會慢慢回頭看，警方幹嘛在平安夜晚上，大半夜的跑到教堂前面？究竟是怎麼回事。安端很快就會一個人走到教堂後面，所經之處，人人連忙讓道……

然後開始大叫……

他無計可施，只能束手就擒，要不就是等著在他身後的德斯梅特先生的沉重腳步聲走到他身邊，安端轉過頭去，雷米他爸把槍架到肩上，槍管正對著安端額頭。

安端大叫一聲，卻被另一個聲音蓋住。

雷米！

第一排的貝爾娜黛特站起來，呼喚她的小寶貝，凡樂婷扯扯她的袖子，她才又慢慢坐回原位。

這個叫聲驚動了凱納維勒太太，她停下，管風琴彈不下去，合唱團歌聲因而荒腔走板。

管風琴一停，緊接著大家就聽到穆修特先生雷鳴般的歌聲，合唱團面臨混亂場面，毅然決然重新唱起遭到中斷的聖詩以示團結一致。

天父啊，我們的救世主，不斷向世人展示祂的仁慈及對世人的愛。拯救了世人的就是祂！祂是……

神父持續司職，欣然接受每一種神啓：德梅斯特一家進到教堂，管風琴和合唱團出狀況等等，神父臉上都掛著他那無限小的微笑，面對顯然失去方向的這一群人，表現出他身爲天主託付的嚴謹道德代表之喜樂。儀式進行中的混亂場面，這一點更確認了神父就是這群人的父老兄弟，他應天主所託，爲羊群指引迷途，至於這些忠實信徒們，他們因爲超出自己所能理解範圍的種種情勢而茫然失措，唯有認命順從跟著做彌撒。

安端平靜下來，不，警方才不會對逮捕未成年凶手差別待遇，還等到望完彌撒才抓他，這是不可能的。除非他們眞的肯定又確定，才會派出巡警加以逮捕，所以說他們根本就沒證據。至於西奧爲什麼那麼說，純粹只是想挽回顏面而已，因爲就連他前一天到處暗示傑諾老師被捕一事，也因爲「科學怪人」遭到逮捕這個重大訊息而害他吹破牛皮。安端知道馬爾蒙那個殺豬的科瓦爾斯基根本就無從招供起，所以警方不會將他留置太久。那麼，接下來會怎麼樣呢？

……天使過來對牧羊人說：「我來跟你們宣布一個大好消息，所有人都會欣喜無比：你們的救世主於今天誕生了。他就是彌賽亞，天主。」

年輕神父覺得自己將群眾掌控得甚好，扯開他那低沉的嗓音開始講道，恪盡職守，遵循他負責傳達的天主旨意。

他顯然知道昨天以來波瓦勒發生的事（他被譽為全區消息最靈通人士），他也見過禮拜天陪著母親來望彌撒的小雷米（父親則比較少看到）。值此聖誕夜，他八成把小雷米當成了小天使。他凝視著第一排的小雷米父母和他們身邊一張張苦痛凝重的臉，彷彿他們的悲痛透過毛細管感染了全體在場人士。如此不爭的事實令他動容：因為隨著耶穌到來，信徒臉上必定會流露平安喜樂。

很明顯，忠實信徒受到眼前艱苦試煉所蒙蔽，不理解自己所經歷的這一切均寓含深意。神父靜默了很長一段時間。

「生命就是不斷試煉，」他終於說道。

他的聲音突然變得強而有力，響徹教堂，最後幾個音節稍微拖長了一點，造成回音效果。

「但是切記：『聖靈結的果子就是仁愛，喜樂，和平，忍耐……』耐心！等待，你們就會明白！」

從他那「羊群」的臉上看來，天主藉他傳遞的訊息並未如實傳抵，因為「羊群」

並不明白，看來他得稍作解釋。於是，年輕神父開講，果斷決絕；在這個鄉下教士身上，一心一意等待契機的宣道明師即將破繭而出。

「親愛的姐妹兄弟們，神父知道你們痛苦，我感同身受，我與諸位共苦。」

這樣比較清楚，從聽眾的目光中便可看出這段言辭得到迴響。他受到鼓舞。

「但受苦絕非偶然……何謂受苦？此乃天主最神妙之工具，天主藉此讓我們更接近祂與祂的完德。」

他精美炮製他的「神妙」二字，這兩個字說出來後，他將早就準備好的講稿（以備在所有主教管區教會照本宣科）棄之不用，現在的他，可是憑藉著自己的信仰在說話，天主指引著他，他從未感受到自己身負如此崇高的使命。

「是的！殊不知受苦受難與悲傷哀痛就是我們的苦行贖罪……」

他刻意靜了一下，把胳膊撐在托書架上，俯身朝向人群，隨後便以輕柔的聲音繼續說道：

「苦行贖罪又有何用？」

隨著這個問題而來是長時間靜默，沒看到任何一隻手舉起，不過沒人感到驚訝，因爲就像在課堂上課那樣，通常都沒人會舉手回答。神父站直身子，食指突然朝天揮舞，以一種不容分說的聲音說道：

「爲了戰勝存在於我們所有人身上的惡！天主爲我們提供試煉，讓我們得以向祂展現我們的信仰有多麼虔誠！」

他轉過身去，朝著凱納維勒太太的方向，默默地說了幾個字，後者大點其頭以示回應。

管風琴樂音旋即揚起，緊接著就是穆修特先生清脆高亢的嗓音。合唱團邊走邊唱著感恩之歌：

我們的天主總是對我們行好事，哈利路亞，讚美我主！
祂以恩慈孕育子民們的身體，哈利路亞，讚美我主！
子民報之以愛，神愛世人……

信眾一個接一個加入合唱。目前還不清楚這首聖歌在「羊群」身上造成癒合傷疤的撫慰功能如何？或者只是他們因爲順從而奉行的一種表現？不過神父很欣慰，他做了該做的事。

最後一次禱告完後，「羊群」看到他打開一張跟普通教區公告同樣大小的紙張。

「爲了找回我們親愛的小雷米·德斯梅特，明天早上將展開全面大搜尋。巡警隊特別在此有請全體鎮民儘可能加入志願者行列。明天早上九點鎮公所前見。」

晴天霹靂，安端一整個呆住。

他們會把森林翻過來，會發現雷米，這次，他不可能逃得了。

這些訊息也在信眾群中造成效果，頓時傳來喧嘩聲，年輕神父手勢專斷，就那麼一比劃，嘈雜聲瞬間平息。

隨後他就又開始祈福讚美，他應該飛奔趕赴蒙茹瓦才對，他已經遲了。

8

教堂門口，男士們拍拍德斯梅特先生的肩膀，派上幾句符合這種場面的話安慰他，貝爾娜黛特對大家視若無睹，逕自走出去，至於他們的女兒凡樂婷則站在對面人行道上，不知道在等什麼，雙手插在夾克口袋，冷眼旁觀離開教堂的這群人。

安端肚子痛，他好害怕，他沒人可以訴說，感到自己孤獨得可怕。他沒逗留，鑽進人群，溜回家中。

西奧在那幫馬屁精跟班簇擁下，又漏了一點口風，身邊小嘍囉無不瞪大雙眼。安端步履匆匆，繼續往前走。濃濃的敵意籠罩在他和西奧之間。等到安端狼狽不堪被逮的那天，西奧就又會成了全校共主，再也沒有任何人，永遠都不會有任何人，能夠質疑他的權威。

安端覺得自己被打敗，壓垮，擠扁。

他來到自家花園門前，扭頭往後一瞧，遠遠看到他媽媽攙扶著貝爾娜黛特，兩個人慢慢走著。

看到這兩個痛苦身影對他產生毀滅性作用：離德斯梅特太太不遠處，殺她兒子的凶手在哀悼，而在她身邊，正攙扶著她的庫爾丹太太，就是凶手的母親。

安端推開家門。

屋內溢滿他媽媽塞進烤箱裡的閹雞氣味。聖誕樹下有好幾包禮物，她總是費盡心思擺設，可是他都沒注意。他沒開燈，全客廳只靠一閃一閃的聖誕燈飾照明。他的心情好沉重。

經過那場彌撒試煉，再想到他媽媽準備的聖誕大餐，安端幾乎崩潰。

每年聖誕夜進行方式均同出一轍，庫爾丹太太瘋狂熱愛把日常生活中的大小事件都儀式化，沒有什麼事逃得過她的這種癖好。很久以前安端曾經發自內心、天眞地感受到的那種快樂，多年來，因爲流於形式，已然成了個苦差事。他不得不說，何其冗長：看聖誕夜特別節目，晚上十點半進晚餐，午夜拆禮物……庫爾丹太太從未區別平安夜和大年夜之間的差異，她以相同模式、類似禮物來安排這兩大節慶。

安端上樓回到房間，找他買了要送給母親的禮物。這也一樣，好一個神聖任務，每年都得找不同東西送她。他從衣櫥裡面拿出一包，完全不記得是什麼。角角上有張金色標籤標示著「香菸、樂透、禮物，約瑟夫．梅蘭街十一號」，那是勒麥席耶先生的店，左邊入口處有一個櫥窗，裡面陳列著禮物、鬧鐘、餐墊、記事本……可是安端就是記不起來自己今年到底買了什麼。

他聽到媽媽推花園大門的聲音，他衝下樓，把自己那包禮物跟別包放在一起。

庫爾丹太太正在掛大衣。

「我的天哪，怎麼會有這種事！」

剛剛才鬆開掛著貝爾娜黛特的胳臂，害她心煩意亂。

小雷米失蹤第二個夜降臨，今晚的彌撒，神父要大家準備好面對最艱鉅的挑戰，好，雖然他並不是這麼說的，但這畢竟是他的意思，再加上某個她認識的人遭到逮捕，這一切都超乎白蘭雪．庫爾丹所能理解之外。

她摘下帽子，邊掛大衣，邊穿拖鞋，邊搖著頭。

「我問你一個小……」

「什麼？」

她繫著下廚用的圍裙。

「綁架像這樣的小傢伙……」

「拜託，不要再說了，媽！」

可是庫爾丹太太還是繼續說，她得有畫面才能搞懂一件事：

「我說，你倒是想像一下，誰會綁架一個六歲小孩？問題是：綁了要做什麼？」

這個影像一湧上心頭，她不禁咬了自己的拳頭，淚水奪眶而出。

安端好幾年來第一次想過去貼近她，抱著她，安慰她，請求她原諒，可是看他媽媽愁眉苦臉的，使他又打消這個念頭，他不敢輕舉妄動。

「最後找到他的時候，一定已經死了，這個小傢伙，這是一定的，問題是會是什麼狀況？」

她把圍裙裙邊反摺過來，擦了擦眼睛。安端崩潰了，離開客廳，奔回樓上房裡，撲倒在床，輪到他痛哭失聲。

他沒聽到母親過來，只感覺到她的手放在自己脖子上。他沒揮開。現在是招認的時候嗎？安端把臉埋在枕頭裡面，比任何時候都更想說出來，話都到了嘴邊，可是全盤托出的時刻終究還沒到。

庫爾丹太太說：

「我可憐的大個兒，連你也好傷心，無論如何，那個小傢伙生前可是乖得不得了。」

她現在說到雷米的時候已經用「生前」兩個字了，她就這麼呆了很長一段時間，思索著這件事有多殘酷，安端聽著血液在自己的太陽穴裡脈脈流動，那麼大聲，害他頭都疼了。

年終儀式首度被打亂。

庫爾丹太太打開電視，但是沒有看。閹雞跟往年一樣油亮（絕對得像美國火雞一般大，就跟卡通裡面一樣，可以吃上一整個禮拜），坐下來安心慢慢享用大餐吧，別理會時間。

安端食難下嚥。他媽媽呆滯地咀嚼一小塊白白的雞肉，眼睛盯著電視螢幕。整個飯廳充斥著綜藝音樂外加笑聲、驚呼聲；容光煥發的快樂主持人拿麥克風跟拿冰淇淋甜筒似的，適時嚷嚷幾句符合這種場合的開心口號。

他媽媽心不在焉，一言不發收了桌子，這一點都不像她，端來聖誕樹幹蛋糕，安端一直都很討厭這種糕點。蛋糕端上桌後，她就以一種充滿示好、意欲引人好奇的聲音說道：

「我們終於可以看禮物囉？」

難得他爸爸這次沒買錯，盒子裡面裝著的確是安端曾經跟他提過的PlayStation，只不過安端的喜悅五味雜陳，因爲他覺得好孤獨。現在他有PlayStation了，可是他要跟誰一起玩呢？他無法想像自己還有沒有明天。他被逮捕後，可以把PlayStation帶進監獄嗎？

「別忘了打個電話給你爸，」庫爾丹太太邊提醒他邊打開了自己那包。

她刻意裝出迫不及待想知道裡面是什麼東西的樣子。安端終於想起來他買的是什麼了：小木屋音樂盒，一打開屋頂就會有樂音流瀉。

「眞的太神奇了！」他媽媽已經驚呼起來。「我說乖兒子，你是在哪裡找到的啊？好棒唷！」

她上了發條，面帶微笑聽著旋律，邊在記憶中翻找，這種音樂每個人哪怕聽過一千遍，還是記不得曲名。

「噢，這個我聽過，」庫爾丹太太喃喃說道，邊找著操作手冊。

她唸道：

「〈小白花〉（理查．羅傑斯作曲）。啊，對啦，就是這首沒錯。」

她站起來，親親安端，安端已經開始組裝PlaySatiton。他爸寄來的東西，總會有哪兒不對勁：他想要的是「古惑狼賽車」，結果這個是「GT賽車」，去年的版本。

庫爾丹太太桌子已經收好，又洗了碗，然後拿著她用餐時倒了一點卻都沒喝的那杯酒，又回到客廳，她看到安端手上拿著搖桿，卻兩眼放空，盯著穿過牆外某一個晦暗的點，她張開嘴，正想問他，門鈴響了。

安端立刻跳起來，驚慌失措。

「會是誰啊？聖誕夜欸？都幾點了？」

庫爾丹太太並不是個膽小、容易受驚的女人，卻連她也忐忑不安，她走進走廊，撥開門上貓眼，把額頭貼上去，立刻連忙把門打開。

「凡樂婷！」

女孩因爲這麼晚來打擾而迭聲道歉。

「我媽，她把自己鎖在房間裡面，誰來都不開門，也不回應。我爸問，妳可不可以……」

「我馬上去！」

庫爾丹太太從門口到廚房來回了幾趟，解開圍裙，找著大衣……

「我說凡樂婷，妳倒是進來啊！」

零距離接觸，這個女孩的樣子跟稍早傍晚時安端看到的不太相同，當時她一臉不屑，眼露鄙夷，眼前的她，口紅色調強烈，襯托出臉色益發蒼白；她的眼睛，畫了一大圈深藍色眼影，濕漉漉的。她走進客廳一步，看了一眼站起身來的安端，她只有點點頭，安端則很快揮手打了個招呼。他盯著這個女孩，她現在一臉冷漠，彷彿屋裡只有她一個人，沒人在看她。

她穿著跟稍早望彌撒時同樣那件衣服，紅色牛仔褲，她好像一進屋就突然意識到室內瀰漫著過多熱量，白色假皮夾克拉開了四分之一，露出粉紅色馬海毛衣，緊緊裹著胸部，安端覺得她的乳房渾圓得令人難以置信。他心想乳房怎麼可能會這樣呢？他從沒看過這種，這麼圓，就著毛衣，甚至可以看出乳尖的形狀，她的香水令人想起不知名的花，就是那種……

「怎麼？」庫爾丹太太問，她已經穿好大衣，「你怎麼還沒準備好？」

「我也要去？」安端問。

「當然啊，畢竟是在這種情況下……」

庫爾丹太太看了看凡樂婷，有點尷尬。

安端不明白爲什麼「這種情況」非要他在場不可，他媽媽這麼說，只是爲了說給凡樂婷聽吧？

「那好吧，我先去，安端，你等等過來找我，嗯？」

安端一想到要進去鄰居家，面對德斯梅特先生，腹中便一陣絞痛。

門「砰」的一聲。

他環顧四周，想找出脫身辦法。

「這是什麼啊？」

他倏地轉身，凡樂婷沒跟著庫爾丹太太出門，就在他面前，手上拿著他的PlayStation搖桿，兩個把手朝向天花板，她抓住其中一個，她八成就是這麼拿榔頭的，一副好奇到不行的樣子。然後她那柔嫩的小手就開始撫摸它，食指順著把手摸下去，彷彿她正在發掘它的奧祕，想忖度出它的拋光質感，可是她邊這麼做，雙眼邊緊盯著安端的眼睛不放。

「這是什麼啊？」她又問了一遍。

「這是……玩遊戲要用的，」安端一個字一個字迸出。

她笑了笑，盯著他，並沒有鬆開搖桿。

「哦，玩……」

安端隨隨便便點點頭，便狂奔而去，全速爬上樓梯，衝進房間，喘了一大口氣，心臟以瘋狂速度發出低沉重複的聲響。他想著自己現在要幹嘛？啊，對，穿鞋子。他一屁股坐在床上。

氣力耗盡再次戰勝他，他沒辦法抗拒床的誘惑，躺了下去，他閉上眼睛。

眼前又出現凡樂婷的手，他依然感覺得到她散發出的強烈電力，他被突如其來的困擾所縛，好激烈好痛苦，他急著快點做個了結。

他急著被抓到，被逮捕。

急著招認。急著終於解脫。急著終於可以睡，睡得著。

這種日子他過不下去，帶著這些影像，生活在這種恐懼中，他認罪後的可怕後果則越來越淡化。他一閉上眼睛，雷米就出現在他面前，現在就是。

總是同一個影像。

小男孩躺在黑洞，朝他伸出雙手……

安端！

要不就是只剩下雷米試圖緊抓住什麼東西的那隻手，而雷米的聲音卻逐漸遠去，彷彿融化了。

安端！

「你睡了嗎？」

安端被電到似的，立刻彈起來，坐直身子。

凡樂婷就站在房門口，她已經脫掉夾克，隨意搭在肩上，用食指勾著。

她好奇地瞄了房間一眼，沒什麼好看的，她往前走了幾步，安端從未見過這種舞蹈般的流暢步伐，全房間都瀰漫著他先前就聞到過的香水味。

凡樂婷沒看他，自顧自緩步走進房中，跟到博物館參觀的訪客那般，漫不經心，漠不關心。

安端覺得好熱，他故作輕鬆，彎腰抓起鞋子，開始綁鞋帶，額頭低垂，眼睛盯著地面。

他感覺到凡樂婷越走越近，進入他的視野，殊不知他已經盡可能讓自己的視野越小越好。現在，她就站在他面前，雙腿稍微分開；他只看到她的白色運動鞋，她紅長褲褲腿有點濕，要是他抬頭看，就會看到腰帶。

他繼續綁鞋帶，雙手哆嗦，再也不聽使喚，他一整個勃起，硬到都快痛了。凡樂婷沒動，耐心等他終於綁好鞋帶。安端那麼一跳，就蹦了起來，繞過她，以免碰到她，可是空間那麼小，害他失去平衡，倒在床上，他像鯉魚離水般靈活轉身，以免凡樂婷看到他長褲下正在升旗。他又站起來，走到門邊。

凡樂婷還沒過來，她的夾克掉到地上……安端看到她的背面。

她面對著床，兩腳站得穩穩的，雙手抱胸，安端注意到她手指上的糖果指甲油，他沒辦法移開視線，死盯著那渾圓的翹臀，如此緊實，還有那纖細的腰肢和在她背部中央稍稍隆起的胸罩肩帶。

他渾身不自在。他搞不清楚是自己失去平衡？還是凡樂婷在晃？她正以無聲又淫蕩的固定舞姿，不知不覺地搖動骨盆。

安端靠在門框，他需要空氣。出去。立刻。

他三步併作兩步跑下樓，衝到廚房水槽，把水龍頭開到最大，兩隻手捂著臉，隨後甩了甩，抓起抹布，擦乾。

他放回抹布的時候，匆匆瞥見凡樂婷穿過走廊、向門口走去的背影，室外空氣進入室內，安端跑著追上去，凡樂婷已經走到街上，步履堅定，卻不匆忙。她走進她家花園，漫不在乎地穿了過去，走進屋裡，沒有關門，因爲她知道安端跑在她後面。

安端還沒來得及搞清楚狀況，就已經在德斯梅特家了。

這屋裡特有的氣味迎面撲來，這股味兒他向來都不喜歡，包心菜、汗味、地板蠟的混合……

安端走了一步，頓時停下腳步，面對他，坐在客廳長桌最裡面的德斯梅特先生正盯著他。

他突然確定了一件事：原來凡樂婷到他家根本就是爲了找他，唯一的目的就是把他帶到她爸面前。

那女孩裝出一副因爲有事所以才待在客廳的樣子，漫不經心打開電視節目，食指在遙控器一角按來按去，隨後便上下打量安端。她變了一個人。年少輕狂的辣妹已被她弟飄浮在客廳、形同威脅的陰影所擄獲。她猛地轉身上了樓梯，連招呼都沒打，看都沒看安端一眼。

「他們都在樓上，」德斯梅特先生說道，聲音空洞。

他頭一扭，朝傳來模糊低語的樓上比了比。客廳唯有廚房燈泡和聖誕樹花環照明，花環跟庫爾丹家的一模一樣，八成在同一家店買的。

安端四肢痲痺，動彈不得。德斯梅特先生面前有一個空杯子和一瓶酒。他低著頭，若有所思，維持這個姿勢好長一段時間，才突然想起不是只有自己一個人，指了指自己身邊的椅子。安端怕他站起來，走到門口逼他坐下，只好自己怯生生地走上前去，他越走近，越近距離看他，這個又魁梧又粗魯的男人就越叫他害怕。

「坐啊。」

安端拉開椅子，椅子「吱」地發出粉筆寫在黑板上的聲音。德斯梅特先生凝視他好長一段時間。

「你跟他很熟？雷米跟你……嗯？」

安端微微緊抿雙唇，「是的，相當熟，我是說，有點熟。」

「你能想像這個孩子會離家出走嗎？才六歲？」

安端搖搖頭。

「你能想像他就這麼跑到七遠八遠的地方去了？找不到回來的路了嗎？他可是在這邊出生的啊。」

安端明白德斯梅特先生問歸問，其實不是眞的在問他，而是這些想法好幾個鐘頭以來就一直糾纏不已，所以他沒答話。

「爲什麼夜裡他們就不找了？難道巡警隊沒燈嗎？」

安端微微攤開雙手，他沒能力解釋。

德斯梅特先生身上的氣味很難聞，又加上酒味，他八成喝了不少。

「我上樓去了。」安端囁嚅說道。

由於德斯梅特先生沒有動，他小心翼翼地站起來，他不想打斷他的思緒。

孰料德斯梅特先生驀地轉向他，十分激動，抓住他的腰，一把拉了過去，手臂環繞在安端腰際，把自己的頭埋在安端胸前，放聲大哭。

安端在他重壓下，差點站不穩，不過他還是撐住了，他看到雷米他爸爸肥厚的白脖子，因爲哭泣而晃動，他聞著他濃重的體味。

身爲這名男子強壯手臂的囚犯，他好想死。

五斗櫃上有好幾張家中成員的照片，放在一點都不搭配的相框裡面，其中有一個相框是空的，就是交給巡警的那張，就是電視新聞上秀出來的那張，就是雷米穿著黃色T恤，還有他的瀏海……

他們家並沒有重新排列相框，好塡補這個空下來的地方。他們在等著雷米的照片物歸原處，一切終於恢復正常。

9

太陽似乎永遠不會升起，波瓦勒鎮被重壓在單調均一的乳白色天空下。最早到的幾個人發現德斯梅特先生面對花園站著，整個人浸在遮雨棚的昏暗光線中，踩著笨重靴子，身穿米色連帽風衣，雙拳緊握，置於口袋，垮著一張臉，面色凝重，一個人走霉運時的模樣。

男性多於女性，此外也有幾個男孩子，比安端大，十六七八歲，安端不太認識。

安端一整夜都沒歇眼，氣力耗盡。

從窗口看到有這麼多人駐紮在德斯梅特家門前，準備好列隊前往鎮公所，他就洩了氣。

「什麼意思？你不去？」

庫爾丹太太十分憤慨。安端不去，大家會怎麼說他？會怎麼想他？想她？想他們？光衝著貝爾娜黛特……全鎮總動員加入大搜尋，這是義不容辭的事！

「穆修特家，他們也不去！」安端說。

安端提出來的論點簡直就是歪理，他也感覺到了，因爲沒有任何人比穆修特家更討厭德斯梅特家，有時候大家因爲庫爾丹家夾在中間，把他們分開而感到慶幸，否則兩個當家的早就對幹了。

「拜託你，」庫爾丹說太太，「你明明知道……」

爲了讓她別再繼續嘮叨，安端讓步，下了樓。

他跟幾個人握了握手，儘量留在離德斯梅特家越遠的地方越好，反正他們一家人一直都被團團圍住。凡樂婷還是穿著那條紅色牛仔褲，因爲晨光陰沉，紅得沒那麼鮮豔，至於她本人則淹沒在這一小群人中，比起前晚，她看上去比較沒那麼青春洋溢，反而顯得格格不入、可有可無。

大夥列隊往集合地點前進。

走得離德斯梅特夫妻身邊越近，就越可以感受到莊嚴肅穆的氛圍，走到離他們稍遠處，七嘴八舌就越喧囂塵上……首先就是這個池塘……要幫池塘周圍加上安全防護措施都說了好幾年，可是鎮公所什麼都沒做。

還有就是這次大搜尋，到底是鎮公所還是省政府發起的？

鎮民群情激憤，從兩天前就開始發酵，趁著這個特殊狀況，找到新發洩出口，與其說大家埋怨鎮公所，還不如說埋怨鎮長，或者乾脆直說埋怨韋澤公司的老闆。在這股五味雜陳的怒氣中，有著一股敵意，因爲長久以來社會不公義的威脅便重重壓在全體鎮民身上，大家不知道該怎麼公開表達，於是便把這種敵意轉嫁到這次事件。

民防安全局已經在鎮公所前架好兩大座白色帳篷，消防隊員和巡警也到了。

「咦？警犬咧？」有人問。庫爾丹太太跟雜貨店老闆娘在嘀嘀咕咕，安端想聽，但聽不到；他的腦袋裡有萬斤重擔在運轉，持續振動，四下傳來的聲音有如棉絮，他這邊抓住一個音節，那裡抓到一個句子……「欸，安端！」他轉過身去。原來是西奧。

「你沒資格來這邊！」

安端張開嘴，爲什麼他……鎮長的兒子挺胸，跟他宣布這個壞消息，盛氣凌人。

「大人才能參加！」他說，一副他自己不受此限制的樣子。

庫爾丹太太急忙轉身朝著他們。

「眞的嗎？」

此時巡警來了，就是前一天向安端問話的那個隊長。

「最少也得十六歲才行。」

他看著兩個男孩微微一笑，繼續說：

「有這個意願想參加是很好，不過……」

不停有新人加入，使得這群人越來越龐大。大家握手致意，沉重內斂，但充滿決心。鎮長跟民防安全局人員、巡警等人在說話。大夥兒打開行動指揮圖。一輛卡車載著四條綁著狗鍊的警犬開來。「終於來了！」有人說。

分組就花了很長時間，每組都由一名巡警或消防員帶領，指令清楚明白，權威堅決，頭上戴著便帽或風帽的男士們，比出手勢表示瞭解。

安端算了算，每八人一組，共有十二三組。

電視臺來了，引起一小陣轟動，攝影師揮開這群急於顯示紀律嚴明、參與心切又責任重大的人群，每個人都想搶鏡頭，那位女記者因選擇過多，略顯尷尬。有一個安端從未見過的女人，惶惶不知所措，雙拳緊握，置於胸前，活像她才是失蹤小孩他媽，只見她慷慨陳詞，激動不已，那名女記者卻踮著腳尖，拚命在找失蹤小孩的父母，她一發現他們，甚至沒讓那個女人說完嘴邊那句話，就左推右擠向前，攝影師緊跟在後，兩個人繞一大圈，鑽過人群，終於來到白色帳篷附近。

德斯梅特太太一看到他們就痛哭失聲，攝影師迭忙把機器架到肩上。

此刻拍到的畫面，不出兩個鐘頭，就會傳遍全法國。

德斯梅特太太惶恐不安，她說出來的話「把他還給我。」聽者無不撕心裂肺。光憑這五個聲音低到幾乎聽不見的字。

「把他還給我。」

她的聲音斷斷續續、顫抖哆嗦，宣告五個字。

周遭每個人無不爲之動容，人群逐漸安靜，這份死寂使得大家不由自主往最壞的方面想。

那名年輕的巡警隊長背著擴音器登上鎮公所臺階，其他戴著臂章的員警則在發送傳單。

「謝謝各位參與這次行動，尤其在今天這種天氣……」

聽聞此言，眾人無不暗自昂首挺胸，倍感自己既派得上用場又慷慨付出。

「請各位仔細閱讀剛剛發下去的書面指示，不要走太快，經過的地方都要仔細看清楚，務必在我們走過的每一平方米做到，都可以就此剔除在搜尋範圍內。我講得清不清楚？」

嗡嗡聲起，表示很清楚。

隊長講話期間，安端則因為神父及安東奈提太太走到他附近而分了心。

「一共九組。四組跟馴犬師去池塘那邊找，另外三組到國有森林西郊，最後兩組則往聖厄斯塔什那邊找。」

安端瞬間僵住。他完了，終於解脫了。他知道會發生什麼事，他知道自己該怎麼辦。不知道為什麼，他反而覺得輕鬆多了。

「午休後，根據早上進展情況，我們再修改不同組的搜尋方向。如果今天搜尋沒有結果，明天會再請大家過來。」

科瓦爾斯基先生就是這個時候到的。

他走得很慢，腳步遲疑，途經之處一片靜默，大家紛紛讓道，不是因為尊敬，而是因爲這個男人帶著一股來自地獄的味道。「他被放出來了？」這句話到了每個人嘴邊，大夥面面相覷，審愼以待。「他是被保釋出來的嗎？」大家什麼都不知道。

隨著科瓦爾斯基先生走近鎮公所，他一走過去，身邊的人都輕聲表達想法。「被放出來了，好，」有人說，「搞不好是證據不足。」「畢竟不能把所有人都逮了，警方只會抓那些跟這件事或多或少有牽連的人。」「所謂無風不起浪。科瓦爾斯基，他啊……」「有人說他店裡的生意一點都不好，所以他才不得不在鄰近村莊到處巡迴叫賣平衡收支。」

科瓦爾斯基那張臉倒是文風不動，絲毫沒透露心思，那張馬臉還是那麼長，坑坑疤疤，外加雙頰凹陷，兩道眉毛又粗又濃。

他走過安端和他媽媽身邊，庫爾丹太太轉身背對著他，毫不掩飾對他的憎惡。他到了巡警面前，停下腳步，微微伸開雙臂表示：「我來了，告訴我，你希望我怎麼樣？」

巡警隊長看了看不同小組，立即感到各組傳來的負能量，好幾個人的背都轉了過去，迴避巡警的目光，有人甚至還更堅決，索性不等安排，自顧自就上路了。

「我知道了，」隊長說話的聲音中聽得出一絲無奈。「好吧，那你跟我們一組。」

路上人群恢復交談，好幾張民防安全局剛剛發的傳單已經散落在地。

安端回到家，雙肘撐著房間窗臺遠眺窗外，看了好久。他們找到屍體後，就會大呼小叫，然後會看到那邊、往聖厄斯塔什方向的路上，警車的警示燈大亮特亮。

他終於關上窗戶，走進浴室，吞下醫藥箱裡的所有藥片。庫爾丹太太，就跟大多數法國人一樣，把吃藥當成吃補的美譽當之無愧，一大堆藥，應有盡有，爲數甚多。

安端忍住噁心，大把大把吞下肚。哭得柔腸寸斷。

10

胃部深處海嘯生成，由下往上翻騰，迅如閃電，穿過他的胃，搗碎他的腎，在他喉嚨爆炸，硬是讓他從床上一躍而起。安端低下頭，衝著地面，吐出一聲發自五臟六腑的喉音，一沱膽汁升起害他窒息，他試圖抑止這陣不適，恢復平衡。

他精疲力竭，背部承受酷刑，彎成兩半，每一次波濤起伏，整個身體都想從這副皮囊中拔起，轉身離去，液化，消逝。

就這麼持續了兩個鐘頭。

他媽媽每隔一段時間就會上樓，更換放在床邊小地毯上的大盆子，用冷毛巾幫他抹抹嘴唇，擦擦額頭，然後再下樓。

痙攣消退，安端再度入睡。

夢中，雷米耗盡精力，他也是，他也一點力氣都沒了。癱倒在一張黑色的大嘴裡，再也伸不直他的手臂，唯有用他那雙小小的手，垂死掙扎。死神來了，祂就在那，祂抓住雷米的腳，把雷米往祂那兒拉扯，雷米隱沒，消失……

安端！

他醒來時，天色已黑，他不知道現在幾點？不過肯定不是大半夜，因爲他聽到樓下電視機的聲音，他還留意到，只要風吹的方向對，教堂鐘聲就會逕直傳到他房間，何況，風還沿著窗板，也呼嘯著灌了進來。他算算，鐘聲敲了六下，他不確定自己算了幾下，現在大概是五點到七點吧。

他看看床頭櫃，上面有一杯水和一瓶開水，另外還有一瓶不知道是什麼的藥水。

大門電鈴聲響起，電視機關了。

一個男人的聲音，有人在低聲說話。

這時樓梯上響起腳步聲，狄拉弗醫生出現，就他一個人，他把皮製大公事包放在床邊，俯身朝著安端，把手放在他發燙的額頭上一秒鐘後，依然未發一語，他脫下大衣，掏出聽診器，掀開被單，把安端睡衣上裝拉高（他什麼時候穿上睡衣的？不記得了），無聲無息地進行檢查，目光集中在某個虛無飄渺的點上。

樓下，電視已經又打開了，可是開得很小聲。醫生量了量安端的脈搏，隨後，收回聽診器，還是坐著，兩腿略微分開，雙手交叉，若有所思，但審愼細心。

狄拉弗醫生五十來歲，鎭民一致認爲，他父親是個四海爲家的布列塔尼水手，他母親的來歷就成了變化萬千的炒作題材：越南家僕、中國妓女、泰國流鶯……正如大家所看到的，關於這個女人的傳聞並無定論，其實根本沒半個人知道。

醫生在波瓦勒定居已經快二十五年，沒人敢誇口說自己曾經看他笑過。一整年他都在這個地區的路上來回奔波，一看病就忘了時間，大家都認識他，都曾經請他上門外診，直到現在依然如此，除此之外，他還參加過十幾場各式典禮：結婚，領聖餐，受洗，外加一拖拉庫老人的葬禮，但大家依然對他一無所知，只知道他沒妻沒子。雜貨商老闆的女兒在他公寓幫忙打掃，診所則由他自行負責，禮拜天，不論天氣怎麼樣，診所窗戶一律大敞開，大家看到他穿著幾百年前的運動服，正在吸塵，打蠟，清洗，要是剛好有病人上門，狄拉弗醫生就會打開門，讓他進去，等他洗淨雙手後，開始看診，地板蠟和雞毛撣子就擱在辦公室角落。

安端又起來了，靠著枕頭，他的胃翻攪過千萬倍害他痛得死去活來，口中嘔吐物的味道令他噁心。

醫生還是一動也不動，沉浸於自己的思緒。他那張混血兒的大臉完全無動於衷，他不動如山，害安端好不自在，不過漸漸也就習慣了，就當他不在這裡，只是房裡的一件新傢俱。安端任憑自己的思緒奔馳。行不通。他想死，結果沒死成。他得自圓其說，設法解釋。但他突然想起大隊人馬出發，往聖厄斯塔什開去準備搜尋……他再也無法為自己開罪，只能證實現在每個人都知道的事實，他不得不面對的重負令他感到不堪負荷，他閉上眼睛，頭又重新陷到枕頭裡面。

「你有什麼想告訴我的嗎？安端？」

醫生的聲音極其溫柔，他的人卻連一公釐都沒動。

安端沒力氣回答這個問題。雷米的死既眞切又遙遠，他心中有太多太多事攪在一起。他們會把雷米的屍體放到哪裡呢？

他想像貝爾娜黛特坐在雷米躺平的屍體旁邊，試圖用自己的雙手去弄暖雷米那雙冰涼的小手……

他們是不是在等著狄拉弗醫生的醫療證明，綠燈一開，就會來抓他？巡警也會留置在樓下的媽媽嗎？因爲他未成年，搞不好來幫他錄口供的會是醫生？他再也搞不清楚自己應該回答哪個問題。

房間半明半暗，使得他跟雷米更爲接近；他的房間跟拉出雷米的黑洞是一樣晦暗的地方。

他想像大家俯身朝著那棵巨大櫸木，德斯梅特先生不讓任何人進去黑洞找他兒子，堅持要自己來，就連消防隊員也遠遠留在有一大段距離的地方；他們只能靠近擔架，還有擔架上用來覆蓋遺體用的大毯子。德斯梅特先生把孩子拉向自己的那一刻令人心痛，他抓住一條胳臂，首先出現的就是雷米那顆小腦袋，大家立刻從那頭栗色頭髮認出是他，隨後就是肩膀。雷米全身骨頭都散了，看起來好像是因爲被胡亂拉到地面上才害他這樣……

安端淚流滿面。

很意外，他竟然感到放鬆。這些並非出自他還是自由之身時的淚水，而是深沉而舒緩的流淌；淚水洗淨了他。

狄拉弗醫生審慎地點點頭，他證明了某件事，雖然尚未被正式告知，但他似乎已經聽說了。

安端淚如雨下，一發不可收拾。令人費解的是，這一刻他卻覺得極其暢快，解脫後的暢快，他再也不用期待自己解脫，一切都結束了，這些眼淚來自他的童年，類似保護者，這些眼淚賜給他平靜，不論他被帶到何方，他都會隨身帶著它們。

醫生就這麼靜靜待了很長一段時間，靜靜地聽安端痛哭，然後才終於起身，闔上包包，拿了大衣，沒看他一眼，一言不發，走出房間。

安端平靜下來，擤擤鼻涕，坐起來，靠著枕頭。他是不是該換好衣服準備被抓呢？他不知道該怎麼做，這是第一次有人來逮捕他。

首先是樓梯迴盪著他媽媽的腳步聲。所以說他應該穿好衣服，下樓，跟她一起去。他寧願跟別人去，以免警方射殺他的時候，他媽媽會拼死拼活抱著他。

庫爾丹太太進到房裡，皺皺鼻子，嘔吐物的味道……

她收好大盆子，放到走廊地上，然後又回來，儘管外頭風吹得正大，她還是打開了一扇窗門，讓空氣流通流通。冷空氣鑽進室內。他注意到他媽媽額頭上出現了一小道皺紋，在她身上，這就是她很操心的跡象。

她轉過來對著兒子

「看起來好一點了唷，對不對？」

沒等他回答，她就拿起床頭櫃上的藥瓶，倒了一小匙。

「不是我說，這隻閹雞……我全扔了。誰知道竟然有人連這種雞都敢賣！」

安端沒反應過來。

「快！」她說。「這是治消化不良的，喝了會舒服一點。」

她說他消化不良，輕鬆帶過這件事，令他不解，令他不安。他嚥下藥水，憂心忡忡。他不確定自己眞的瞭解發生了什麼事。庫爾丹太太把藥瓶塞好。

「媽媽煮了肉湯，幫你端一碗上來。」

她剛剛提到閹雞，他記得他幾乎都沒吃，還有，要是他因爲消化不良而生病，她母親也吃了閹雞，那她爲什麼沒生病呢？

安端想記起事情是怎麼發生的，但他還昏昏沉沉，沒辦法分辨清楚現實和夢境。他站起來，兩腿發軟，身體失去平衡，不得不撐著床邊。他又想起凡樂婷，她算夢境還是現實的一部分？眼前浮現自己試圖綁鞋帶，而她就在他的面前，他想匆匆起身，但倒在床上，就跟現在一樣……然後就是聖誕大餐，聖誕大餐前，德斯梅特先生摟著他的腰，緊緊抱著他。最後的影像就是大隊人馬開往那片國有林地和聖厄斯塔什森林展開盛大搜查。

他閉上眼睛，先讓不舒服平息一下，隨後再次嘗試走動。他扶著牆壁、傢俱，走進走廊，推開浴室的門，抓牢洗手臺，打開藥箱。空的。

他記得清清楚楚，他睡著時，散落在床頭櫃上的藥，有的甚至還掉到地上……這些藥現在到哪去了呢？

他同樣費了好大的勁兒才回到房裡。躺下眞是一大解脫。

「喏。」

庫爾丹太太用托盤端了一碗熱騰騰的湯，儘量把托盤在床上擺平。

「我眞的喝不下。」安端說，他還很虛弱。

「噢，說得也是，消化不良就是這樣，身體會虛弱很長一段時間，什麼都不想吃。」

聽到客廳電視的聲音令安端不解，大白天開著電視不是庫爾丹太太的習慣，不合乎她的價值觀，她認爲老盯著電視螢幕會害人弱智。

「狄拉弗醫生說傍晚會再過來看看一切是不是都正常。我啊，我跟他說不用了啦，看到你已經很好了，單純消化不良，不需要驚天動地吧！可是你知道，他這個人哪，就是這麼有醫德……那好，他要來就來吧……」

庫爾丹太太在房間亂翻亂找，從書桌走到窗口，關上一個已經原本就關著的門，明明很焦躁，硬是擺出冷靜沉穩的樣子，掩飾自己侷促不安，她甚至還以堅定又肯定的聲音來證明自己說得沒錯，她繼續說道：

「閹雞都餿了還敢賣?!你想想看哪!啊，別人可千萬別像我這麼倒霉啊!」

安端注意到她避免說出科瓦爾斯基的名字。她就是這樣，自以爲只要不說某樣東西，這樣東西就不存在。

「畢竟，」庫爾丹太太又說道，「消化不良還不至於是國家大事!我就是這麼對狄拉弗醫生說的，他還說要送你去醫院，呸呸呸，他給你吃了催吐劑，這不就結了嗎。」

她似乎是在對安端不用送醫院這件事做見證。

「催吐劑，要這麼說也行啦，隨便他。好吧，你不想喝媽媽煮的肉湯了?」

經過這一大串漫長解釋，安端仍不清楚她有什麼用意，庫爾丹太太突然一副急著下樓的樣子。

「我關燈了?你還是睡吧……好好睡一覺，這才是最有效的良藥……好好休息!」

她自顧自就熄了燈，並且帶上門。

安端躺在陷入黑漆漆的房間，只聽到風聲呼嘯，搞不好一場大風暴正在醞釀。

安端設法把他聽到的碎片拼湊在一起，設法搞清楚，他床頭櫃上的藥物不翼而飛，醫生到來，他媽媽介入……這一切會把他帶往何處？

他睡著了。

門鈴響起，吵醒了他。

他不知道自己只是打瞌睡，還是睡了很長一段時間，他把被單鋪好，走近半開著的房門，聽出是醫生的聲音。

庫爾丹太太低聲說道：

「讓他睡覺休息難道不會比較好嗎？」

可是，緊接著就聽到醫生走進樓梯的腳步聲，安端迅速回到床上，滾到一邊，閉上眼睛。

醫生走了進來，站在床邊，站了很久，動也不動。安端全身緊繃，試圖控制呼吸。一個人睡覺的時候都會怎麼呼吸？他擺出既緩慢又悠長的節奏，他覺得這樣應該比較像。

醫生終於在床邊坐下，就在他第一次過來看診時坐的地方。

安端聽到自己的心跳和窗外的風聲。

「安端，你是不是有什麼煩惱？」

他說得很小聲，既克制又私密。安端不得不豎起耳朵才聽得懂。

「……你隨時都可以打電話給我，白天和夜裡都可以。你可以來找我，打電話給我，隨你怎麼樣。這一兩天你會覺得很虛弱，隨後一切就會重新步上軌道，或許到時候你會想找誰說說……沒人逼你，只不過……」

這些字說得很慢，醫生說的句子很不連貫，最後一句好似輕盈蒸氣般在房中消失得無影無蹤。

「要是我送你住院，事情就會有所不同，你應該知道像現在這樣，我不知道該怎麼……所以我才會過來。就爲了告訴你，不管發生任何事，我的意思是說，如果哪天你發生什麼事，你都可以問我，打電話給我，隨時都可以。就這樣。跟我談談……隨時。」

安端從來沒有，全鎮誰都沒有，聽過狄拉弗醫生說這麼長的話。

醫生就這麼待了很長時間，讓安端可以有時間慢慢聽他說、輸入訊息。講完了這一大串後，他才起身離開，跟他來的時候那樣，宛若幽靈。

安端還沒回神，沒辦法理解，對現在的他而言，狄拉弗醫生並沒有跟他說話，只是低聲唱了首搖籃曲。

安端沒改變姿勢，任憑睡意襲來，一邊抵禦著呼嘯風聲帶到他房裡的回音：那重複了上千遍、撕心裂肺的吶喊……

安端！

他醒了過來，不知道爲什麼，這次他很確信現在已經很晚了。然而，樓下電視卻還是開著。

他早該逃跑的。

前一天發生的事，現在全部清晰可辨。出發搜尋，呑藥，醫生來了……

關於逃跑這點也一樣，他恢復記憶：他的確想過要逃跑。他站起來，他很虛弱，不過他站著。他很快跪下來，查看床底。什麼都沒有。

然而他很肯定，百分百肯定，他把自己裝滿衣服的背包扔在床底，還有那件捲成一團的襯衫。

他又站起來，走過去打開五斗櫃抽屜：一切都物歸原處。他的「蜘蛛人」公仔又放回地球儀旁邊。他打開書桌抽屜，他放在那邊的出境文件已經不在了。

他必須釐清疑惑。

他把自己房間的門打開一點點，悄悄拾級而下。到了一樓，他聽到電視在嘰嘰咕咕。他往玄關處五斗櫃那邊走去，皺著眉頭，慢慢打開第一個抽屜。他的護照，他的出境許可證都在那，就放在最上層，排得好好的，該在哪就在哪……

他很肯定是他媽媽把床頭櫃上的藥物清掉，把一看就知道是他想逃亡的背包整理好，把護照和存摺放回原處……

安端想逃跑，她是怎麼想的？她到底知道些什麼？絕對什麼都不知道。但同時，搞不好該知道的她都知道。她會不會想到安端跟雷米失蹤之間有什麼關聯呢？

安端關上抽屜，又走了一步，然後再走一步，他看到他媽媽就在電視機前面，離螢幕非常非常近，近到好像瞎了眼的女人在看電視。她在看地方臺的午夜新聞報導。電視聲音小到幾乎聽不見：

「……那個小孩子從禮拜五中午過後不久就失蹤，昨天在國有林地展開全面大搜尋，很不幸，一無所獲，小孩子可能迷路的地區，一整天沒辦法全部找完，尤其是聖厄斯塔什森林一帶，警方決定明天早上展開第二次全面搜尋。」

新聞報導還秀出排成一排的各組人員，肩並肩，慢慢往前行進……

「波瓦勒鎮池塘是民防安全局潛水員的首要勘查目標，他們明天早上會繼續尋找。」

他媽媽的眼睛焦慮地盯著電視，安端的心揪了起來，又有了想死的衝動。

「螢幕下方秀出的免費電話號碼，如果有人證的話可以多多利用。再提醒各位觀眾，小雷米．德斯梅特，六歲，他失蹤的時候，身上穿著……」

安端上樓回房去。

一天沒辦法把整個森林仔細找過一遍，第二次搜尋在意料之中。明天早上。

他們會回去那邊。

安端不可能還會有第二次機會。

這場從兩天前就威脅著他的風暴，他再度感到自己有多麼期待它終於爆發。

屋外的風飄得越來越猛烈，狂風把被合頁鏈拴住的窗板吹得啪啪作響。

11

一整夜，風持續增強，來勢洶洶，越颳越猛，連如同射出去的箭一樣快而密集的豪雨也一直下到天快亮，才被驅離、耗盡，棄械投降。

風暴過境，處處留下慘遭肆虐的悲慘痕跡，孰料它非但不如大家所希望的那樣變弱，反而以一種深知自己強大無比的侵略者姿態持續橫掃全境。

整個波瓦勒鎮完全被喚醒。

安端感受到這兩天疲勞累積的重量，何況他還徹夜未眠。

他東想西想度過一夜，想像如今已無法避免的災難會有什麼樣的發展。他躺在床上，靜聽風暴，窗戶在窗板後面搖晃，風從壁爐灌進來，低沉地嗚嗚作響。這間屋子，在風暴下顫抖著的處境和他自己的生活，兩者之間的混亂關聯他感受到了。他也想到他媽媽，想了很多。

就雷米失蹤以及安端在這件事上所扮演的角色，她並不清楚，任何人都會胡思亂想，被最齷齪恐怖的影像所占據，庫爾丹太太則不然，她自有一套辦法應付。她在令自己困擾的事實與她自己的想像之間，豎起一堵堅不可摧的高牆，多虧她那多到出奇的日常習慣與種種儀式，從高牆漏出去的憂慮，都已經過緩解。「人生在世，再怎麼樣，都沒有挺不過去的事。」她愛極了這個說法，這意味著日子還是得繼續過下去，不是跟以往一樣，而是跟我們想要的那樣。重點就在於意志，放任自己被不必要的煩惱牽絆一點用都沒有，最篤定可以遠離它們的方法就是不予理會，這是無法反駁的方法，終其一生，這種方法都好用得極其完美。

她兒子原本想吞下藥箱裡的藥自殺，或者說，看起來是這樣，但是，她把吞藥自殺轉到因爲科瓦爾斯基先生的閹雞造成消化不良，好把吞藥自殺這個事實遮掩過去，安端只要挨過一陣子不舒服，喝兩天肉湯，就會沒事。

安端的思緒很難從纏繞他的暗黑氛圍中脫離出來，很難從陣陣撼動全屋的風聲中逃離出來，這棟屋子好似引擎發怒那般在嗡嗡低吼。

安端決定下樓，他不知道他媽媽是不是身上還穿著前一天那套衣服就上床睡了，結果，沒想到客廳裡的電視還是開著的，聲音調到最小聲。

早餐已經備妥，放在餐桌上的日常用具看起來就跟往常一樣，可是她沒打開窗板，有點像在大半夜共進早餐，穿堂風竄過家中，廚房的燈搖搖晃晃。

「我打不開……」

她看著兒子，目帶驚恐，沒跟他道早安，也沒關心他的身體狀況……她連窗板都打不開，害她大驚失色，從聲音就聽得出來她擔心得要命。這種天氣，宣告了它會造成的損害，不是一碗肉湯就能搞定的……

「搞不好你打得開……」

他隱隱覺得她的話裡有別的含意，可是又說不上來。

他走到窗前，轉動把手，窗扇把他推開，力道之大，害他差點摔了個四腳朝天，他使勁壓著把手，這才終於關上。

「最好等風平靜下來……」

他坐定準備吃早餐。他知道媽媽不會問他任何問題，她還是用同樣手勢幫麵包塊塗上果醬，果醬還是擺在餐桌上同一個地方。安端不餓。兩人都猜不透對方的心思，最後靜了下來。過了幾分鐘，安瑞收好桌子，回到他的房間。

PlayStation已經被收回包裝盒裡，他抽出來玩一場，依舊十分擔心。

他聽到電視聲音調大，他走到走廊，往下走了幾級臺階。電視報導大風暴幾小時內就會來襲，預計會颳起強風，建議不要外出。

到目前爲止，他們所經歷的這些狂風吹襲，只是開始罷了。

不到一個鐘頭，大風暴確實飆到，窗戶震動宛若樹葉，強風席捲而過，屋子迴盪著悲慘的吱吱作響聲。

庫爾丹太太擔心之餘，上到閣樓，瓦片在狂風下發抖，水沿著牆面上好幾道裂痕滲下來，漏到地板，她撐不到五分鐘就回到樓下，臉都嚇白了。

她聽到「砰」的撞擊聲，整個人跳起來，大叫了一聲……從屋子最北邊傳來的。

「妳待著就好，」安端說，「我去看。」

他穿上連帽風衣，鞋子。庫爾丹太太本該制止他，叫他不要去，可是她實在是嚇壞了，唯有等到安端打開門，她才意識到這有多危險，她想叫他回來，可是來不及，他已經關上門，人在屋外了。

沿著人行道停放的汽車被強風推動，看了就可怕，轟隆隆的雷聲宛如伺機準備猛撲的警犬，閃電以連續爆發的藍光照亮家家戶戶，好幾家的屋頂開始強遭暴風撕裂。

街上另一頭，兩支電線杆倒塌，你壓我我壓你。強風帶起一堆亂七八糟的東西：防水油布、水桶、板子，隨時可能從你手邊和臉上飛過。依稀聽到消防隊警報聲響起，但不太知道他們要趕赴何方。

風強到可以把安端推到花園另一頭，甚至吹出花園都有可能，他得想辦法抓住什麼堅固的東西，可是在這種狀況下，光看車子和屋頂的狀況，就知道再也沒有任何東西稱得上堅固。安端整個人拱成兩半，不得不緊緊攀著牆邊才能往屋子盡頭走去，他看了牆角一眼，才剛來得及低下身子，一塊在空中旋轉的鐵皮就從他頭上幾公分處飛了過去。他跪下來，頭儘可能放低，兩隻手臂護著頭部往前走。

那棵將近十年前聖誕節種的松樹倒在花園，安端眼前浮現好幾張他們家過聖誕節種種儀式的照片，那時候他爸爸還住在這間屋裡。

波瓦勒全鎮都被一種持續進行的運動逼得順從、屈服，整個鄉鎮飽受被暴風連根拔起的威脅。

安端再站起來，警覺心就鬆懈了那麼一瞬間，足夠他被這突如其來的一陣風給高高掀起，飛到離原地一米處，他試著撐住，不要跌倒，可是他對抗的是一股勢不可擋的力量，他在地上滾了一滾，滾到花園牆邊，撞到牆，他在牆邊蜷縮成一團，頭埋在兩膝之間，幾乎快斷氣。

他驚魂甫定，回到家門前似乎是個不可能的任務。

德斯梅特家的正門，讓他想起今天一大早就要展開的第二次大搜尋。現在這個時候，所有人應該都已經在前往聖厄斯塔什的路上，但顯然戶外沒有半個人，事實上，就連想走到街角都不可能。

他匍匐前進，連滾帶爬來到分開他們家和德斯梅特家花園的柵欄爲止，冒險瞄上一眼，鞦韆倒在地上，花園裡面的其他東西全被掃得飛到靠著小圍牆那邊，其中包括那幾個垃圾袋，包了狗屍體的那個被撕裂，尤利西斯的骨架有一半曝露在外，毛毛的，硬是被開腸剖肚，好淒慘。安端被嚇壞了。他轉身回家。架在角落的衛星天線在空中搖曳，危險萬分，要不是他媽沒看到他回家會擔心，他就會呆在這兒，靠牆坐著，從頭到尾坐看他家灰飛煙滅。

他不得已只得趴在地上，盡可能讓自己的受風面越小越好，然後開始爬行。用這種姿勢穿過花園，害他花了超過一刻鐘的時間，不過他還是辦到了，他在屋子周圍繞了一圈，最後從後面小門進到屋裡，從這邊進去比較安全一點。他回到家的時候全身虛脫。

他媽媽連忙衝過來，緊緊抱著他，她氣喘吁吁，簡直像自己也出了趟門似的，也剛從暴風雨肆虐中歷劫歸來。

「我的天！這種天氣，我竟然放你出去！」

無法想像這場浩劫什麼時候才會停息。雨已經完全停了，風暴本身其實已經遠去，現在只剩下風，但隨著每一刻鐘，越吹越有力，越吹，速度越快。

窗戶和窗板都關得緊緊的，慘遭強風包圍的屋裡暗到看不見，只聽到屋子像小船在暴風雨中那般嘎嘎哀鳴，大耳朵八成被連根拔起，早上十一點左右，電視就沒了。一個鐘頭後的現在，輪到電也沒了。電話也斷了。

庫爾丹太太依舊坐在廚房裡面，雙手緊握馬克杯，咖啡早已冷掉。安端不想留媽媽一個人，基於一種保護者的反射性警覺，他走過來坐在媽媽身邊，兩個人都沒說話。他媽媽一臉驚恐，乃至於安端都想握住她的手，可是他忍住，因爲他不知道在這種情況下，哪一扇門的門把會被以同樣姿勢握住，一下子就被打開……

他知道客廳那邊窗板有個地方可以看到街上……他看到的情景可把嚇壞他了，剛剛還在那邊的那兩輛車，現在已經不見，一棵至少有兩米高的樹橫在路上，一下撞到這家花園牆壁，一下又碰到那家花園鐵柵門，到處碰撞，發了瘋似的滾來滾去……

風暴高峰期持續了將近三小時，到了下午四點才重拾平靜。沒人敢相信自己眞的挨過去了。

家家戶戶戒愼恐懼打開大門，一扇又一扇。

德國氣象學家將這次暴風雨命名爲「洛薩」。波瓦勒居民看到「洛薩」造成的災害都驚嚇得說不出話來。

可是他們沒法在外逗留，不得不很快就回家。

因爲暫時讓位給狂風的暴雨，現在堅持主張自己擁有跟災難合作的權利，開始恣意肆虐。

12

暴雨傾瀉而下，猛撲波瓦勒鎮，力道之大，令人驚恐，密度高到幾分鐘之內天空盡皆變暗。風已完全消失無蹤，傾盆大雨垂直落下，刺痛全鎮。大街小巷迅速遭到淹沒，很快就變成小溪，隨後又成了河流，帶走了幾小時前被風颳掉的一切，垃圾桶、信箱、衣服、箱子、板子，甚至還看到一隻小白狗載浮載沉，隔天就發現牠撞到一堵牆，撞了個稀巴爛。幾小時前曾被強風吹跑的那幾輛車子，正順著反方向在水中一上一下。

安端聽到從地窖傳來有東西掉下去的聲音，他打開門，他想要開燈，但還沒恢復供電。

「別下去，安端。」庫爾丹太太說。

可是他已經抓起掛在牆上的手電筒，往下走了好幾個臺階，他看到的景象讓他大驚失色：水超過一米深，沒固定住的東西全都漂在水面，露營裝備、裝衣服的箱子、行李箱……

他急忙關上地窖的門。

「我們得到樓上去。」他說。

得趕快安排好，水已經有往上漲的趨勢，萬一漲到一樓，他們就不知道什麼時候才能再從樓上下來。龍捲風拍門，想破門而入，庫爾丹太太匆匆把備用品放在樓梯上，一切她覺得珍貴的東西：她的手提包、相簿、裝了正式文件的鞋盒、一盆花（她爲什麼拿這個？永遠也沒人知道）、她媽媽傳給她的那個用鉤針勾的坐墊，簡直就像她要啓程遠行上演「出埃及記」。安端繞了一圈，把家裡所有電器插頭都拔掉。水以驚人速度上升。首先看到水穿過門縫，往地窖流去，隨後侵入地板，逐漸占領每間廳室。他們才剛有時間把放在樓梯邊上的東西帶上二樓，就差個兩三公分，水就淹上來了，任何東西也阻攔不了這種漲勢。

安端坐在樓梯上，水已經淹到第一級，繼續往高處攀升，沙發墊、電視節目表、填字遊戲本、空盒子、廚房的塑膠掃帚……在水面蕩漾，輕輕搖曳。看到這種情形，他開始擔憂：光躲到樓上，這樣夠嗎？他想起看過報導，有些洪水嚴重到連屋頂都淹沒，災民棲息在屋頂高處，緊緊抱著煙囪。難道我們的下場會這樣嗎？

暴風雨又重回波洛瓦鎮上方，雷聲在頭頂轟鳴，彷彿就在屋裡撒潑，既強烈又刺眼的閃電白光把窗戶照得像斑馬似的一條一條。雨不停歇，水繼續上漲。

安端決定去跟他媽媽待在一起。現在風已經平息，庫爾丹太太在樓上轉了一圈，好不容易才把每個房間的窗板打開。

他們透過窗戶，從這個角落望出去，發現鎮上有了一幅新景觀。三十公分高的水淹沒一切，庭院，花園，人行道，現在正以高速衝向街道，黃澄澄的，冒著泡泡，外加突然遭到釋放的河流造成的漩渦，風暴撕裂屋頂，數百片屋瓦都消失無蹤。

他們家又是什麼狀況呢？安端抬頭，天花板已經變色，變得比較暗沉，到處都開始有點結成水珠。他心想，不知道最後整棟屋子會不會坍塌在他們身上，偏偏他們又不可能出去。他從窗口看到小超市送貨的麵包車在漂移，被浪帶著，隨後又是第二輛，看來大壩已退守，再也沒有任何東西擋得住洪水勢頭，現在輪到穆修特家那輛「標緻」慢慢婆娑而過，一個大陀螺，一下這邊碰到牆，一下稍遠處又把一塊交通號誌板撞得震盪。幾分鐘後，洪流越來越浮躁，波濤滾滾，鎮公所公務車邊自轉邊被順流沖走，在它的航道上，還有鎮公所圍籬來相陪。

庫爾丹太太哭了起來，毫無疑問，她怕，就跟安端一樣，但是她之所以會哭，最主要還是因爲眼睜睜看著自己很熟悉的東西，以令人眼花撩亂的速度消失不見；每個人都會把這種不幸視爲對自己個人命運的試煉。

安端的胳臂不由自主、很自然地就摟住媽媽，可是沒有用。那吞噬一切、摧毀一切、毀滅一切、不放過一切的洪水，把庫爾丹太太搞得心神不寧，她被嚇得六神無主，膽戰心驚。安端看到學校一樓的所有課桌椅排著令人驚訝的隊伍魚列而過，彷彿它們以同一個動作跳進水裡，令他無比震撼。洪水朝他的生命襲來，將其淹沒。

他突然想到雷米。

水一直往上，往上，到達山頂，聖厄斯塔什森林，把雷米從洞裡面趕了出來，他的屍體就此解放，開始漂浮，漂出藏身處。幾分鐘後，全鎮就會看到小雷米的屍體宛如幽靈一般繞街而行，他會仰天漂浮，雙臂伸直，嘴巴張開，大家會在離這裡幾公里外找到他……

安端現在筋疲力竭，累到想哭也哭不出來。

母子倆就這麼度過了漫長的幾個鐘頭。安端過不多久就會去看看水淹到一樓哪邊了？現在水幾乎已經淹到與餐桌面板齊平的高度。

然後風暴逐步遠離。

下午三點左右，波瓦勒下了一場密集的強降雨，但跟清晨那場暴雨相比，這已經不算什麼。安端和他媽媽不可能離開自己房間，整個一樓都已經被淹在一米深的水下，天花板到處都在漏水，所有床上寢具都被洪水吞噬，每個地方都濕答答的，無一倖免。而且越來越冷。關在家裡，沒電又沒電話，他們活了下來，等待救援。

民防安全局直升機飛來偵察，飛過波瓦勒上方一次，然後就再也沒了蹤影。全鎮成了孤兒。只要水還這麼高，就沒人能離家出門。

夜幕罩上這片荒涼景觀，庫爾丹太太和安端，從他們家的窗戶望出去只看得到一小部分。

雖然街道不再有照明，晚上八點左右，大家還是依稀辨識出屋外水位下降，街上洪流顯著回落。一樓也是，水也開始慢慢退去，水位明顯下降，但空氣中卻瀰漫著一種詭異的末日氣息，因爲自從狂風讓位給了暴雨，暴雨就要求自己擁有說最後一句話的權利，幫這次的暴風雨做一終結。

隨著水逐漸退去，風逐漸加強。全鎮再次感受到屋子在地基上顫抖，一扇扇的門好似被巨人的手壓得彎了腰。

狂風呼嘯聲升高，壁爐、門窗也在隆隆作響……

安端和庫爾丹太太剛好來得及把樓上所有窗板關上。

緊接著第一個暴風雨，第二個暴風雨也到來。

接著撒潑肆虐了好幾個鐘頭的「洛薩」，這次飆來的這個被命名爲「馬丁」。

這兩個暴風雨，「馬丁」才是最猛烈、最具破壞性的。

原本就被開腸剖肚的屋頂，這回終於被整片掀起，被洪水沖得奔流不止的汽車也在狂潮中再度冒險上路，其中某些還高達時速兩百公里……

庫爾丹太太蜷縮在她房間角落，心力交瘁，兀自瑟縮。

她極其脆弱，安端好擔憂，令他再度確認自己永遠也不能傷害到她。
他過來緊貼著媽媽。
母子倆就這麼過了一夜。

13

拂曉，驚魂未定的波瓦勒鎮甦醒。家家戶戶的門一扇接一扇開了，居民一個接一個探出頭來，個個驚恐不安。

氣力喪盡的庫爾丹太太也在衡量這場大災難的損失：一樓整個被泥土覆蓋，傢俱泡了水變得軟趴趴，離地面一米高處留下洪水淹過的水漬痕跡，全家聞起來都帶著一股土味兒。怎麼辦？沒電，沒電話……重拾平靜，彷彿時間懸浮在半空中，就是空氣中的這樣東西，才讓大家覺得已經結束了；庫爾丹太太和其他人一樣，也這麼覺得。安端看見媽媽緩慢恢復生氣，她清了清嗓子，步履較爲安心，走到花園，看到聖誕樹倒了，她走了幾步，轉身對著屋頂，屋頂也慘不忍睹。於是她叫安端去鎮公所，看看能不能得到什麼幫助。

安端穿上大衣，套上鞋子，越過泡在水裡的花園。一上來他覺得他們家災情慘重，可是仔細觀察的話，他媽媽和他屬於該感到慶幸的這群，他們家屋頂的確有好多瓦片移位，好幾片飛走碎落在地，但損害程度有限，最起碼屋頂還在，奇蹟似地逃過一劫。

德斯梅特家就沒那麼幸運。煙囪，被風暴掃過，已經崩毀，刺穿屋頂，從上到下穿過整棟屋子，直達地窖，連帶把一整套衛生設備和半個廚房都捲到半空中，然後掃回地上。

貝爾娜黛特站在屋外，身上裹著浴袍，浴袍裡面又穿了對她來說太大的長派克風衣。她抬頭望天。壁爐穿過屋裡時，把雷米房間的床具也帶了起來，令人產生一種不寒而慄的想法，要是孩子在床上的話就會被嚇一大跳，天花板會壓在他身上……他就會死在這一刻……這場悲劇的嚴重程度從兩天起就深深打擊著她，貝爾娜黛特看似再也感受不到什麼，纖弱身影猶如無主遊魂。

德斯梅特先生出現在雷米房間窗前，他也一樣，目瞪口呆，彷彿他到房間找兒子，兒子卻不在。

現在輪到凡樂婷，她走下幾級石階，到花園來找母親。她穿著跟前一天相同的衣服，可是紅色牛仔褲和白色人造皮革小外套很髒，好像她跟人打架打了一整夜，她頭髮蓬亂，臉色蒼白，肩上披著一條應該是她母親的蘇格蘭披肩，在臉上的妝容留下一道道暗沉條紋。安端不知道眼前為什麼會浮現這個畫面？可是在這種世界末日的背景下，前一天還很性感高傲的青少女，現在看起來卻像個雛妓在人行道上拉客。

隔壁那家，穆修特家的屋子，則是窗板被掀掉，遮雨棚倒塌，花園布滿盤子般大小的大塊玻璃片，數量驚人的破屋瓦甚至跟碎玻璃搶地盤。

安端緊貼窗戶，看見艾蜜莉的臉，她累了，他對她揮揮手，可是她沒回應，她正盯著街上某個晦暗的地方。她就這麼卡在窗櫺，定住不動，面無表情，好似一幅古典少女肖像畫。

她父母也開始忙進忙出。穆修特先生手勢跟機器人似的，斷斷續續把散落在花園裡、雜七雜八的東西全都塞進塑膠袋。他太太，安端一直都覺得美得不可方物，拉著艾蜜莉的袖子，彷彿她覺得艾蜜莉猛盯著街上看並不恰當。

安端來到鎮上，鎮容如慘遭轟炸，滿目瘡痍。

沒有一輛車還留在原地。車子被狂風捲走，順著洪水漂流到出波瓦勒鎮處，才被橫在馬路上的鐵路橋支柱擋住，一輛一輛疊在一塊，堆起一小座廢鐵山。更輕一點的摩托車、速克達、自行車，則被吹得四散紛飛，有的在地窖，有的飛到車下，花園，河裡，到處都有。好幾個玻璃櫥窗都被吹爆，風灌進商店，泡了水的藥物，被暴風強卸下來的五金零件，勒麥席耶先生菸草店的禮品，街頭到處四散。只損失四、五十片屋瓦的商家就該偷笑，因爲其他商店連屋頂都飛了。

附近工地的吊車壓倒在洗礦槽上，這個十五世紀的結構從此成了回憶。在住家花園裡、滿目瘡痍屋子的石礫中，有時候會看到一個小貝比的搖籃，一個娃娃，一個新娘頭飾，一些小東西，天主似乎把這些東西輕輕擺在這邊，就爲了顯示跟祂在一起，必須悟出萬事萬物寓含的深層意義。現在那位年輕神父八成正忙著向全省「羊群」解釋，這次風災大浩劫對「羊群」來說其實算一件又美又善的好事，這下子，可夠他忙上一陣子了，等他回來的時候，就可以揣度出何以仁慈悲憐的天主，卻也天殺得愛捉弄人：教堂的玫瑰花窗、彩繪玻璃被震飛碎裂，其餘地方可說都逃過一劫，唯一遇難的就屬那尊通常被視爲是難民守護神的聖尼古拉雕像。

鎮公所廣場上那棵梧桐樹被連根拔起，橫倒在幹道，還壓壞了一輛麵包車，使得這座鄉鎮被一分爲二，兩邊都傾頹一片。一輛露營拖車從公共露營區被洪澇順流沖走，撞到鎮公所牆上，撞了個稀巴爛，人行道上更是亂七八糟，塑膠餐具、床墊、櫥櫃門扇、床頭燈、靠墊、備用的食物，被風得到處都是。

安端看到鎮公所前還有十幾個人也來尋求幫助。每個人都列出損害清單，人人都覺得自己是全鎮最嚴重的受災戶：一下這裡有很小的小孩或年邁的長輩需要安置，一下那邊又有人解釋說他們家的屋子恐怕會整個垮掉，很危險。人人都理由充分。

韋澤先生從鎮長辦公室出來，忙得不可開交，手上還拿著公文，西奧緊跟在後。兩人走到聚集在鎮公所天井的這一小群人面前，鎮長試圖解釋一堆沒人想聽的東西。「消防隊員八成忙得焦頭爛額，反正也不可能打電話給他們，因爲沒電話。省政府還有電力公司，肯定絕對有恢復供電因應措施的計畫，可是我們不知道需要幾小時還是幾天的時間才能修復。」群情譁然，大聲叫囂。

「所以我們鎮上必須自己組織起來，自己想辦法，」鎮長喊道，邊揮舞公文。「首先就是得先列出所有需求，鎮代表辦公室匯集申請後，才能從中篩選出優先順序。」

他有時候會看場合，派上能夠表現出自己有能力和意願解決問題的官方辭令。

「體育館受災程度不大，當下最緊急的是開放體育館來安置所有無家可歸的人，煮熱湯給大家喝，想辦法提供大家毛毯。」

韋澤先生語氣堅定，即便群情激動，他的這番宣布令人安心，因爲救援計畫已見雛形。

「爲了恢復波瓦勒鎮內交通，得先鋸斷影響交通的那棵梧桐樹，」他繼續說道。「而這一切，鎮公所這邊都需要人力，需要大家共同伸出援手幫忙。損害沒那麼嚴重、可以稍待的鎮民，請過來幫助那些最困難、最需要幫助的人。」

此時，凱納維勒太太趕到，氣急敗壞。

「瓦納爾律師躺在花園裡！」她宣布。「他過世了，被樹壓死。」

「妳……確定？」

好像嫌財物損失還不夠，現在還有人因此喪了命。

「噢，確定！我使勁推，他動也不動，他沒了呼吸。」

安端聯想起雷米的死，他記得自己也一直想叫醒他。

「我們得去找他，」鎮長說。「立刻把他抬回家去。」

他停頓了一下，八成是在思索，萬一省政府那邊很慢才來救援，那他該採取什麼措施來應付一個罹難的死者？搞不好接下來還不止一個。他要怎麼安置他們呢？

「他女兒誰照顧？」有人問。

韋澤先生一隻手高高舉在頭頂，表示他會負責。

與此同時，其他人也到了，其中包括兩個鎮的政府顧問，他們跑到鎮公所後面去處理事情。好幾個人出聲表示願意提供住處臨時安置有需要的鎮民，有人知道哪裡可以找到毛毯，有人自願去體育館當義工。鎮民團結一致的曙光顫巍巍地初升乍現，韋澤先生宣布一小時內會在鎮公所召開會議，所有人都可以參加，由大家共同決定。

一聲怒吼從人群後方傳來，所有人都轉過頭去。

「那我兒子呢？」德斯梅特先生嚎啕吶喊。「誰幫我們找？」

他走了幾米就停在原地，束手無策，雙拳緊握……這聲嘶吼令人震驚的是，它並沒有帶著大家所期待的憤怒，而是唯有純粹表現出悲痛。

「我們今天早上不是應該去搜尋嗎？」

他的聲音強度減弱，問問題的語氣簡直就像迷路的人在問路那般無助。

現場所有人，前一天都參加了由巡警隊組織的大搜尋，每個人都對德斯梅特先生的情況十分關心，這點毋庸置疑，但是在他提出的協尋要求和當下所有人身家性命交關的現實之間，兩者實在是天差地遠，但是沒人有勇氣向他做出必要解釋。

韋澤先生擔下擔子，衝著德斯梅特先生，他清了清嗓子，得以一種清晰但堅定的聲音來讓他死了這條心：

「你有沒有想過現在的情形？羅傑？」

每個人都轉頭看德斯梅特先生。

穆修特先生，艾蜜莉她爸雙臂環胸，擺出他在教訓人時的架勢，他是個無時無刻都一副道貌岸然的衛道人士，被解僱前，他就已經是個討人厭又吹毛求疵的工頭，慷慨寬容，他一概沾不上邊。現在他就站在幾米外，面對著他的死對頭德斯梅特先生。每個人都還記得他們兩個共事的時候，雷米他爸打在穆修特先生臉上那記響亮的巴掌，穆修特先生往後倒退了兩米，一屁股跌坐在一箱鑽屑裡面，嘲笑聲四起，為一巴掌的奇恥大辱增添了荒謬可笑。韋澤先生下令施暴的德斯梅特先生停工兩天，卻拒絕解僱他，毫無疑問，就跟其他人一樣，韋澤先生也認為這個打人的場面，其實比較滑稽而不算真的暴力，穆修特先生根本就是罪有應得。

「所有通訊都斷了，」穆修特先生說，「全鎮愁雲慘霧，好多家庭流落街頭，你還覺得自己應該享有優先權嗎？」

他說的是真的，但卻不公平得可怕，何況還是建立在打消士氣的卑劣報復慾望之上。就連安端都想這麼嗆他。

通常情況下，德斯梅特先生會衝過來跟他理論，大夥兒還得把兩個人分開。可是沒必要，德斯梅特先生什麼動作都沒做，想也知道會有這種答案，至於是不是在這種可恥形式下得到的答案，這什麼也改變不了。

鎮長出來做和事佬，輕聲說道：

「好了，好了，」

但是這些話沒人聽得進去。

大家不僅因爲不可能幫助德斯梅特而心情沉重，也因爲他小兒子失蹤這件事成了一樁悲劇，從今天起因爲每個人各自遭受的不幸擠壓，而被降到次要等級，再也不可能成爲一件集體關心的重大事件了。

全鎮沒辦法繼續找這個孩子，接受了他失蹤。

就算他眞的只是失蹤，而且這幾個小時還活著，這件事也早已經隨風而逝了。

現在大家反而希望他被綁架，至少還有一線生機。

隨之而來的沉默預示了德斯梅特先生的孤立無援，從現在起，他將孤軍奮戰。

穆修特先生對自己不怎麼光彩的勝利倒挺洋洋得意，他走近鎮長，好心提供服務，「不管在哪，如果有事需要幫忙的話，請儘量吩咐。」

安端在回家路上，試圖回收一些可以用來打掃房間的工具，手電筒或者電池之類的，他身上沒帶錢，但是今天情況特殊，店家會讓他賒帳，問題是五金行鐵捲門全都凹凸不平，根本就沒開。於是他想到去教堂拿幾根蠟燭也好。

安端進到教堂，遇到安東奈提太太提著沉甸甸的一大袋東西，眼帶不屑瞅著他。講臺上唯獨只剩下一根蠟燭。

14

兩個暴風雨的接踵而至，洪水般的暴雨和暴風造成巨大的衝擊，在安端心中，暴風雨肆虐之前的一切，在某種程度上都變得朦朦朧朧。幾個小時前，他還怕得要命，想像雷米的屍體從聖厄斯塔什沖出來，被洪水帶著漂流，穿越鄉鎮，他會看到他跟死魚一樣臉朝上在水中浮沉，漂過他家，漂到他父母家前面……結果這件事並沒有發生。相反的，這些事件如此戲劇性的發展，倒是提供安端意想不到的喘息機會。搞不好雷米的屍體漂到離波瓦勒好幾公里外才會被發現，而且暴風雨絕對會把許多線索一掃而空……

要不然就是晚幾天發現而已，因爲幾天後就會恢復搜索。但是，如果雷米還在原地，他的屍體就不會藏得那麼好，第二次搜尋絕對難逃不被發現。

安端的命運就懸在這深深的不確定上。

庫爾丹太太拿著掃把，還有幾把粗麻布拖把，賣力打掃屋子，好一份沒完沒了的苦差事。安端跟她解釋鎮公所會採取的措施，對他們自己的情況來說沒多大幫助。

「都沒人管我們！」她委屈地說。

「瓦納爾律師死了。」

「是嗎？怎麼會？」

庫爾丹太太頭上包著頭巾，雙手緊抓著水桶上方的拖把。

「好像有樹倒在他身上。」

庫爾丹太太恢復拖地，但是更慢了些。她屬於那些一心無法二用的人。

「那他女兒怎麼辦？」

想到這點，安端就很難過。往後的禮拜天誰來把那個瘦削的小女孩推上教堂的中央走道呢？夏天的時候，誰推她去鎮中心閒晃，幫她停在她向來不進去逛的商店前面，誰推她去跟「巴黎咖啡館」露天座其他客人坐在一起，然後給她一根冰棒，讓她吃得津津有味呢？

通常情況下，波瓦勒的進展都很遲緩，改變都是漸進式的。三天來，這些事件發生之迅速與猝不及防，使得這個鄉鎮加快速度，整體景觀改變甚快，太快。

安端又想到韋澤先生，他跟這裡的每個人一樣，一點都不喜歡他。不過，他認爲他在動員少數可用的義工方面的確很努力，事實上，災變之後，他一直把全副精力投注在全鎮事務，結果，大家到了下午才知道，其實他自己工廠的屋頂也被風颳跑了，必須跟大家一樣，採取緊急措施確保機械安全、安置庫存，即時保護那些還可以保護的財物，還有那些會被視爲他爲自己著想的東西。

由於他們家還有屋頂，屋子又沒倒，於是安端想到，比方說，他們該不該去幫德斯梅特家呢？

「你覺得我只有這麼點事要忙嗎？」

他媽媽不假思索就脫口而出的回答令他震驚。

中午過後不久，鎮中心那棵梧桐樹就當著默默無語的群眾面前被鋸斷了。大家都想知道這棵樹幾歲了，它比居民的記憶還老。現在，這個地方就像赤手空拳在防禦敵人。

波瓦勒周遭，相當多的樹木倒在路上，妨礙技術人員搶救，兩天內，通訊依然會很困難。

好不容易，終於恢復供電，接著電話也通了。

庫爾丹家整棟屋子都瀰漫著爛泥巴的臭氣，所有傢俱都得換，安端他媽媽已經開始在塡保險要用的制式表單、行政單位要求的表格，政府承諾補助很快就會下來，其實都要等很久，而且大多數還永遠不會發放。白蘭雪．庫爾丹工作起來像隻小螞蟻，悶著頭默默幹活，專心致志，可是一點小事就會被激怒，動作既不細膩又突兀，反應也是。

安端跟西奧、凱文和其他同伴，幫忙社區幹一些零活兒。兩個風暴席捲而過，使得安端和西奧之間的恩怨暫時擱置在回憶商鋪，中學男生面對遭逢巨變的家庭總是會展現好意，有時甚至會放下自己家的事，給人一種童子軍的感覺。

總之，西奧不再對他緊迫盯人，安端逃過他的糾纏，這才敢踏上前往聖厄斯塔什道路。

森林裡的樹木倒了好幾百棵，慘遭龍捲風吞噬處的樹木坍倒，竟然因而勾畫出一條筆直通道，令人震驚。

聖厄斯塔什的情況變化更爲壯觀，根本不可能進去，林木幾乎全被夷爲平地，全都倒地不起……難得有幾棵樹，由於令人不解的怪異原因，勉力撐住，擺出哨兵杵在滿目瘡痍突變情況下站崗的姿態。

安端回家時，想得出神。

庫爾丹太太從閣樓上挖出一個舊收音機，裝上她從家裡各種設備裡面收集來的電池。她歪著頭，朝著發出劈里啪啦聲音的位置仔細聆聽，好像回到德軍占領期間……

「安端，別吵，讓我聽！」

巡警隊長請大家放心，關於小雷米・德斯梅特失蹤一案，警方「不眠不休」持續調查中，但由於波瓦勒一帶受創極其嚴重，所以暫時無法再度進行全面搜尋，但巡警隊會持續密切關注此案。

大風暴在波瓦勒鎮造成的損害成了「晚間快報」重點。

韋澤先生接受採訪，他解釋說他把所有時間都花在說服企業認養森林，以確保林地不會消失，因爲有好幾百畝屬於該鎮的林木都倒塌在地。

至於聖厄斯塔什森林，太多繼承人意見分歧，始終擺不平——這還沒包括那些還沒找到的繼承人——因爲絲毫不具市場價値，所以它會保持原狀。

安端上樓回房間。雷米死了，消失無蹤。

結束了。

雷米．德斯梅特成爲回憶，而且長此以往，會持續很久很久。遙遠未來的某一天，終於有人投資這片森林，那時即使找到這個死了的孩子，線索也幾乎蕩然無存。

屆時，不論怎麼樣，反正安端早已遠走他方。

因爲從此刻起，他滿腦子只有一個念頭：離開波瓦勒。

永遠別回來。

2011年

15

這些年來庫爾丹太太的原則完全沒變，安端很早就瞭解到他用盡辦法反對也沒用。那麼，好吧，他會去勒麥席耶先生家參加晚會，「大概七點會到，我答應妳。」他打的如意算盤是別待太久；面對他媽，「我要準備考試」向來都很管用，無懈可擊的不在場藉口。

等蘿拉打電話來的這段時間，他決定稍微走走。她不在身邊，他很快就覺得無聊，她的倩影令他難以忘懷，她那纖細柔嫩的胳臂，她那芳香醉人的氣息，他急於再跟她相聚……滿心飢渴想跟她做愛。她是一個超辣的棕髮女郎，百無禁忌，照單全收，對她來說，縱慾享樂就跟空氣和食物一般必要。聰明，卻又瘋癲得可以，她能不顧一切，忘了自己是誰，瘋狂投入，但又擁有讓自己全身而退的強烈第六感，總是能在第一時間就讓自己免於陷得太深的危險。這個女人，有潛力成爲醫術高超的臨床醫生，也能以罕見的生猛火辣，把安端帶到最興奮刺激的九重天，跟蘿拉在一起好似煙火，無時無刻都會爆出火花，安端沉浸其中，既幸福又激情。蘿拉是他生命中光明的一面。有時候，他反而會喜歡這些跟她分離的時刻，如此哀傷又充滿希望；有時候，好比說今天吧，離她很遠又讓他很沉重，他感到寂寞得可怕。他跟蘿拉之間的關係如同天雷勾動地火，跟這名年輕女子本人給人的感覺一樣，她對戀愛關係只抱著激情、當下、隨時可以撤銷的想法，結果，他們的關係反倒持續又持續，他們在一起都三年了。他們共同的願望就是不要有小孩，對年輕女子來說這很難得，對安端卻適合得要命：他沒辦法想像擔負一個孩子生命的重量與責任，這是不可能的，光想就夠他恐慌。還有，畢業以後，安端總想盡可能走得越遠越好，他曾經提過想加入人道醫療行動，蘿拉也這麼想過。他們的關係，因爲恣意放縱和肆無忌憚的性愛而變得堅實，因爲人道醫療這個共同計畫而進一步強化。某天，蘿拉說：「要是我們結婚，人道工作的行政程序會更方便。」她隨口說出這句話後，話題就轉向該把某樣東西加到購物清單，可是安端卻陷入新思維，這道犁溝在他心中越來越深。

到目前爲止，娶蘿拉這個主意感覺還不錯，光想到她向他提出結婚的方式，就跟他自己的有點一致。

安端的筆電滑鼠沒電了，他得去鎮上買電池。

一出他媽家，他忍不住朝曾經是德斯梅特家的花園瞄了一眼。他們家重新裝修過，幾乎稱得上重建，現在住著一對四十多歲的夫婦和雙胞胎女兒，由於新鄰居不是本地人，所以庫爾丹太太只跟他們保持著有距離的敦親睦鄰關係。

大風暴過後，德斯梅特一家住進波瓦勒遠郊的阿貝斯國宅。二〇〇〇年年初，韋澤工廠經營不善，掀起一波裁員浪潮，德斯梅特先生竟然僥倖逃過，令人不敢相信。閒話滿天下，大家都說還不是因爲可憐他，所以他才保住飯碗。穆修特先生到處宣傳不少這種惡毒雜音，不過謠言自行戛然而止，因爲幾個月後，德斯梅特先生就成了動脈瘤破裂的犧牲者，睡到一半就在床上過世了。

德斯梅特太太老了好多，滿臉皺紋，步履蹣跚。安端有時候會碰到她，她現在發福不少，走起路來很沉重，看似她爲家務操勞了一輩子，行動才如此遲緩。

安端的母親並沒有繼續跟她當姐妹淘，她甚至表現出一副她們好像彼此有什麼過節、因爲某個過不去的神祕插曲而分開了她們。自從貝爾娜黛特在阿貝斯重新安頓下來，她們很少有機會再碰面，除了偶爾在商家碰到外，但也僅止於道個早安晚安，暴風雨將老鄰居間的團結情誼席捲而去，沒人注意到這點，就連德斯梅特太太也沒有。當年那段痛苦不安的時期，同志情誼熄滅，令人意想不到的新交情，有時候反而自動形成，降臨在這座鄉鎮上的不幸，已深深將居民之間的關係重新分配。關於他媽媽和德斯梅特太太，安端知道得當然比別人多，但這也屬於那個年代，所以他們甚少提及，庫爾丹太太只以「一九九九年那場大風暴」一語帶過，彷彿波瓦勒發生最大不了的事，就是幾棵樹倒了，幾戶屋頂被風颳跑。

她留心當地社會新聞，每天早上看報，她從來沒這樣過。她心驚膽顫了好長一段時間，隨後，焦慮逐漸沉睡，她關掉電視，也沒繼續訂報。

安端右轉，朝鎮中心走去。他的感覺依然如故，他還是討厭這一切，討厭他家這棟屋子，這條街。他討厭波瓦勒。

他高中一畢業就逃了出去，他媽媽很驚訝他竟然會想住校。如今，雖然他還會回來探望她，但儘量越少越好，最短越好；回來前幾天他就開始焦慮，不停尋找可以速速離去的新藉口。

他就這麼過日子，雷米．德斯梅特的死成了陳年社會新聞，他把它給忘了，這個痛苦的童年記憶，週復一週，他都安然度過，他的罪行已不存在，但他並沒有就此放下，舉凡大街上某個小男孩，電影中某個場景，要不就是看到巡警，便會油然恐懼，無法控制。他驚慌失措，那場無邊無際的浩劫吞沒了他的生活，爲了平息這種壓力，他不得不使盡全力，慢慢深呼吸、自我說服，好監視著自己幻想出來的心驚肉跳，把它當成過熱的引擎，焦慮地從旁窺視，等候引擎自行冷卻。

其實恐懼從未放過他，恐懼沉沉入睡，恐懼睡著了，恐懼又醒了。安端抱持著一種信念，他深信遲早這樁謀殺都會再度擄獲他，再次毀掉他的生活。三十年徒刑在等著他，因爲犯案當時他還未成年，所以刑期會減半，可是十五年，就是一輩子，因爲服刑後，永遠不可能重拾正常生活，十二歲少年凶手永遠不會被視爲正常人。

由於司法調查從未正式結案，安端甚至無法冀望此案追訴時效。遲早，帶著出乎意料強勁力道的風暴又將颳起，帶著比之前更強烈十倍的力量，風暴呼嘯途經之處，他的生活，他媽媽、他爸爸的生活，一切蹂躪殆盡，風暴不僅會來殺死他，還會讓他遺臭萬年，他目前擁有的一切全都無法倖免，他會變成「兒童殺人犯」、「殺人犯兒童」、「青澀殺人凶手」，犯罪史新案例，成爲兒童精神病臨床史上一頁額外花絮。

所以他才首當其衝希望離開波瓦勒，離得遠遠的，他知道自己遠離波瓦勒，到了世界另一端，這些影像還會繼續糾纏他，但至少他可以鬆一口氣，不需要再被迫跟這些參與了他這場悲劇的人間接或直接擦肩而過。

蘿拉有時會發現他大汗淋漓，焦慮不安，狂躁難耐，要不就是相反，意志消沉，渾身無力，沮喪憂悶。安端的恐慌突如其來，毫無預警，她無法理解，蘿拉有時候甚至會覺得安端的人道主義使命是一種折衷方案，其實他根本就是在逃避。還有就是，安端從來都不帶她去他曾經生活過的地方，身爲一個非探究出事情深層緣由勢不罷休的女人，蘿拉經常會想到這點，但想了也是白想。哪天安端下定決心，願意帶她回去，蘿拉絕對就可以跟他的親朋好友談談，試著瞭解，進一步幫助他。

安端到了鎮公所前，蘿拉打電話來。

「所以咧？你媽……」她問。

庫爾丹太太不知道蘿拉的存在。安端爲什麼不讓他媽媽知道？這個祕密令蘿拉不解，雖然有時會引得她不快，但她的個性對社交活動不太在意，所以還會故意拿這件事大開玩笑，安端越尷尬，她就覺得越好玩。

「但願她沒有因爲我沒去而不開心。」

這次，安端並沒尷尬，他好想要蘿拉，性一直是安端最有效的強力抗焦慮藥劑。他迫不及待，開始呢喃一些鹹濕又色急攻心的話，使得她很快就說不出話來了。他跟她說話的方式彷彿他就躺在她身上，她閉上眼睛。安端講了一大串後就停下，任憑慾望高漲的好長一段時間過去，他在這段時間內，靜聽自己濁重的呼吸聲。

「你在嗎？」她終於問道。

安端的沉默突然變了，他不在她身上，而是在他方，她感覺得出來。

「安端？」

「對，我在。」

他的聲音卻嚎叫著他根本就「不在」。

勒麥席耶先生家的窗戶右側角落貼著雷米．德斯梅特的肖像，每年都更泛黃了些，安端在這邊一直都會看到。如今雷米失蹤這件事，已成了茶餘飯後偶爾才會聊到的話題，這個謎團始終未解，徵求目擊證人的海報早都舊了、掉到地上，自從海報掉到地上以後，就沒有再貼回去，如今只有在巡警隊（而且還夾在十幾個來自各區的失蹤人口協尋的海報中）和勒麥席耶先生家這邊才看得到。

「安端？」

海報換了位置，不再像從前那樣貼在窗戶角落，現在變成貼在窗戶正中央。而且也不再是那張色調古樸的老印刷品，而是一張朝氣蓬勃、放大的近照。

那個孩子，頭髮梳得整整齊齊，身上穿著藍色小象T恤，安端眼前這個青少年跟小雷米像得不得了；變形軟體奉命將十七歲的雷米．德斯梅特給變了出來。

「安端！」

協尋海報上不再形容當時他穿什麼衣服，而僅僅提及他於一九九九年十二月二十三日禮拜四失蹤。安端在窗玻璃上看到自己的倒影奇怪地跟這個他從沒見過、只有他一個人才知道他根本就不存在的青少年的臉龐重疊在一起。波瓦勒每個人都希望小雷米還活著，他在某處長大了，他忘了自己是誰，但這只是個幻覺，只是謊言。

安端想到德斯梅特太太。她是不是還在自己擺放餐具的五斗櫃上留著這張協尋海報呢？她是不是每天早上都會看看這個她依然深愛著的孩子，還有這個她從沒見過的年輕人呢？她會不會希望有一天會看到雷米活著回來？還是她已經放棄了？

等到安端終於想到回蘿拉話，電話已經斷了。他繼續走他的路，神經緊張，性興奮消退，取而代之的是漸趨擴散的焦慮。「對，我在，」他回電蘿拉，可是他想搭車，逃離。

「你什麼時候回來？」蘿拉問。

「很快，後天吧……明天。我不知道。」他原本想說：「立刻。」

他放棄，不買東西了，回他媽家，上樓，開始閱讀，做筆記，但這張協尋海報讓他很不舒服，依然令他惶惶不安。然而，他自問過好多次，除非發現屍體，他看不出來現在還會突然冒出來什麼威脅。雖然警方從沒有正式宣告放棄調查，卻不再積極尋找雷米．德斯梅特，安端知道自己這種依然恐慌的心態並不理性，但他覺得危險就深植在波瓦勒鎭本身，只要他一接近，就會有危險。

他忍不住，去了聖厄斯塔什附近兩三次。這個地方持續荒廢，就跟十二年前大風暴過境後一樣；交互堆疊的樹木就地腐爛，幾乎不可能進得去森林心臟地帶。身爲醫生，他知道十二年後，雷米．德斯梅特的遺骸早就……

突然間，帶著在勒麥席耶先生家窗口的這個新形象，死去的雷米恢復了生命形式，跟在他夢中一樣，如此清晰，活生生的。這些年來改變的東西，令安端悲痛的東西，就是受到連講都不能講的譴責，眼見重要性順序顚倒，如今最要緊的已經不再是他殺的那個小男孩，他所有努力、注意力已經轉向他自己，轉向他希冀安全、不受懲罰的希望。有好一陣子，他不再因爲看到雷米那雙軟趴趴的小手對著他招搖而驚醒，他不再聽到雷米大叫救命時那讓人心碎的呼喊。這場悲劇的主角，不是被害者，而是凶手。

快七點半了，這是他非去不可的底線，再遲就有失禮節，他只好出發上路。勒麥席耶先生六十大壽。現在是六月底，天氣已經相當熱，幾乎像夏天。花園裡的燒烤，音樂，花環裝飾，整套用品，烤肉的味道，小木桶裡裝著紅白葡萄酒。大家拿著會被拗成兩半、外加什麼都切不動的紙質免洗餐具享用大餐。

在波瓦勒，日子就像上了發條似的鐘錶在擺動。曾經被一連串悲劇與神祕事件動搖的鄉鎮，如今已經重拾平和，幾乎稱得上靜止的運行方式，安端在這邊認識的人，十年後還會依然如故，而且是一代傳一代，除了三兩細節外，餘皆相似。

「辦得很成功，你不覺得嗎？」

庫爾丹太太在勒麥席耶先生家幫忙打掃，一禮拜幾小時，她都說他「是個很正派的人，非常體面。」在她的言語中，這就意味著，他不像科瓦爾斯基先生（她從很久以前就不幫他工作了，所以她從未再提起他），勒麥席耶先生該付多少就付多少，而且都很準時。

安端握手寒暄，喝了第一杯，第二杯，吃了一串烤肉。他媽媽建議他去跟勒麥席耶先生祝壽並表示謝忱，他去了。

庫爾丹太太拿著塑膠香檳高腳杯，正在跟穆修特太太閒話家常。自從貝爾娜黛特・德斯梅特搬家以後，她跟貝爾娜黛特疏遠，怪的是，卻跟艾蜜莉她母親走得越來越近，艾蜜莉她媽媽是個漂亮卻一臉嚴肅的女人，一半時間花在教堂，另一半花在做家事。韋澤工廠生意恢復正常營運後，穆修特先生就被聘回，但他始終保留著那段漫長失業期間的刻薄苦澀，一看就滿臉酸意，光他那雙眼睛就什麼也藏不住。當年不得不解僱他的韋澤先生，把他釘上十字架，害他受苦受難，但從他重新聘用他那天起，卻又成了他的救命恩人，使得他只好把自己對這個世界的積怨歸咎於世事無法盡如人意，他是這麼覺得，而且絕對是這樣。他接受回韋澤工廠上班的建議，踧得不得了，一副某人歷經長時間不公不義，正義終得聲張的德性。他一向討厭德斯梅特先生，討厭了很久，如今他早已過世，於是就換成韋澤先生拿下他討厭名單第一順位；他在工廠裡不得不拿訂單給他簽的時候，韋澤先生向來都只稱他「工頭先生」。這兩個男人，在勒麥席耶先生家花園裡，能離得越遠越好，一整晚也「剛好」都沒碰上面。

至於他的妻子，對安端來說，則是一個謎，甚至可說矛盾。這個狂熱的天主教徒，有著模特兒的身材，話少，笑容也少，使得她看上去一副拒人於千里之外的天后架勢，冰山美人，安端依稀從她身上辨識出些許歇斯底里的樣子。

「你好，醫生……」

「嘿，你好，醫生！」

艾蜜莉，金髮，笑容可掬，塑膠酒杯輕握手中，好像握著一顆水果。西奧剛吃完香腸，正在舔手指。安端好久沒看到他們，剛好都沒碰到。他親了親艾蜜莉的臉頰，西奧笨拙地拿紙巾揩了揩手後，伸出手來。破牛仔褲，外套腰身收緊，尖頭皮鞋，他的穿著跟土不拉嘰的鄉下毫不協調，一點都不搭，他隸屬於別的物種。他去幫三個人各端了一杯酒。

安端因爲艾蜜莉在場感到不自然，她看他的方式總是那麼古怪。

「我怎麼看你？」她被勾起好奇心，如此問道。

安端很難解釋。每次她都好像在問他問題，要不就是因爲他說的話、他做的動作而感到詫異。

隨著時間過去，艾蜜莉越來越像她媽，她很依賴她，沒有任何東西比她們母女感情更重要。她會變得跟她媽媽像到這種地步，沒什麼好驚訝的，在波瓦勒這兒，就是有點像這樣，這個鎮上的小孩都像父母，等著取代父母位置。

他們隨便聊了幾句關於晚會的話，安端問她近況如何，她在法國農業信貸銀行馬爾蒙分行上班。

「我訂婚了。」她說，邊滿心歡喜地大秀訂婚戒。

啊，對了，波瓦勒也是一個大家彼此婚配的小鎮。

「西奧？」他問。

艾蜜莉大笑出聲，立即用手摀住嘴巴。

「才不是呢，」她說，「西奧？肯定不會是他！」

「我不知道……」安端結結巴巴，有點因爲自己的問題看似可笑而惱羞成怒。

她又秀出她的戒指。

「杰羅姆是陸軍中士，駐防在新喀里多尼亞，現在等著調回法國，九月的時候吧，到時候我們就會結婚。」

安端感到莫名其妙的嫉妒，不是因爲她的生命中有男人，而是因爲她的生命中從來沒有他，就連當年念中學的時候，他們也從沒約過會，他覺得自己每次都錯失良機，他並未列在她覺得有吸引力的男性名單中，而只是她曾經常來往的男性朋友，單純僅僅因爲他們認識而已；他想起自己剛邁入青少年時期，這個小女生就是他的性幻想對象，折磨過他千百次，一想到這，他就氣惱，她那頭金髮，害他做過多少瘋狂綺麗的春夢，他臉紅了。

「你呢？」她問。

「老樣子。我還得去醫院實習，實習完後，就離開這邊，投入人道醫療。」

艾蜜莉正經八百地點點頭，人道主義，很好啊。但從她的臉上可以看出，「人道主義」之於她，根本就是一個毫無意義的概念，只是一個詞，只不過這個詞的道德內涵值得尊重。談話就此結束。還能說些什麼呢？他們之間彼此未說出來的話就跟回憶一樣多。兩個人望著花園，那一小群人在鬧著，笑著，冒著煙的烤肉，聆聽沿著屋子擺放著的揚聲器中流瀉出來的音樂，屋子重新粉刷過，但從牆上的粗塗灰泥層，還看得出之前大洪水留下來的淹水高度痕跡。

西奧端著好幾個塑膠杯回來，三個人開始閒扯，天南地北隨便聊。安端眼前突然又浮現了那些影像：教堂廣場，平安夜彌撒。又想到當西奧到處惡意中傷他時，他們倆打的那一架……

他望著別的地方，嚥下一口葡萄酒。

身在波瓦勒，他不可避免地又回到了一九九九年年底。當時發生的那些事已經恍如隔世，甚至就連屬於波瓦勒的那一頁也闔上了，可是雷米·德斯梅特失蹤之謎從未釐清，哪怕一丁點氣息都能喚醒沉睡已久的餘燼；在這種情況下被眾人包圍，使得他倍感威脅，各種跡象隨處可見，在在皆意有所指的隱喻主體，焦慮之源……

「安端！」

他花了幾秒鐘時間才認出凡樂婷，她八成每年都增加一公斤。她轉過頭去，一臉不爽，對一個小鬼吼了一聲，「我叫你不要動！」搭配激烈手勢，好像想驅趕賴在身上不飛走的黃蜂，她手上抱著的小貝比正嚼著一小把洋芋片，她老公，虎背熊腰的英俊帥小伙，滿口爛牙，過來摟她的肩，宣示所有權。

安端繼續握著一雙雙伸向他的手，一下跟這個抱一下，一下跟那個親一下。西奧留在他附近，好像有話要對他說，他在等機會，他眼帶輕蔑冷眼旁觀著這一切，隨後便欠身向著安端，並且說道：

「我跟你一樣，覺得他們全都他媽的很煩。」

「沒有，我才不覺得。」

西奧嗤地一笑。

「少來，全都是些鄉巴佬。」

這種態度令安端尷尬。他也覺得自己離這個世界很遠，他屬於另一物種，更現代的那種，他覺得這個鄉鎮老舊、滯礙不動又狹隘，他討厭它，但不輕視。西奧一向自視甚高，今天看到他對波瓦勒感到不屑，這沒什麼好意外的。他準備創業，可是安端並不完全理解他究竟志在何方，專家系統，網絡功能，西奧的用詞遣字中夾雜著安端什麼都聽不懂的盎格魯撒克遜式表示法，好多英文術語。就跟那些語言能力不足的人會採取的態度一樣，他們疲於探究意義，結果僅止於點頭稱是，安端也裝出一副很有興趣深入瞭解的樣子。艾蜜莉來到他們身邊，可是沒聽他們談話，男人之間的討論，與她無關。

然後，他們各自分開。安端喝得多了點，他自己也覺得，尤其是因爲他向來酒量都不行。

他答應他媽媽會來，他來了；他也事先對她聲明過他不會留太久，所以現在他可以走了。

他沒辦法跟每個人一一道別，他得想辦法做得漂亮一點，在不得罪任何人的狀況下偷偷溜走。他幫自己倒了酒，爲的就是趁機開溜，若無其事往圍籬那邊走去，沒人盯著他，他把杯子放在桌上，走出去，關上花園大門。鬆了一口氣。

「你要走了？」

安端嚇了一大跳。

艾蜜莉坐在矮牆上抽菸。

「對……呃，其實還沒有……」

她迸出一小聲輕快又清脆的笑聲，這種笑聲安端剛剛已經注意到了。這就是她笑的方式，動不動就笑，卻又不會太過，使得她益發秀色可餐，不過若是習慣性這麼笑就令人惱火，你不禁覺得每次她不知道該說什麼的時候便以笑代之。

「妳什麼事都覺得很好笑嗎？」他問。

他後悔自己這麼問，可是艾蜜莉似乎並未發覺他語帶譏諷，她隨便做了個可以代表任何意義的手勢，作爲回應。

「那好，我走了，」安端說。

「我也要回去了。」

於是他們便一道走路回家。

艾蜜莉點了第二支菸，菸味夾雜著夜的涼意，還有她身上暗香浮動，好舒服。安端幾乎都想來上一支了，他只抽過兩三次，他並不喜歡，可是他讓了步，緊繃了一天的壓力鬆弛，留下無盡疲憊，抽根菸，有何不可呢？

艾蜜莉又回到今晚稍早他們大致談到過的話題上，她說自己對安端加入人道醫療團隊很感興趣。「人道醫療。你爲什麼不想當一個……跟別人一樣的醫生呢？」安端得有很大精力才能回答這種問題。他儘量言簡意賅：「當家庭醫生有點無聊。」

艾蜜莉點點頭。她遇到難題，不知該如何接話。

「覺得無聊，幹嘛當醫生？」

「不，我不是討厭當醫生，我是討厭當家庭醫生，妳懂嗎？」

艾蜜莉點點頭，可是此說超出她理解範圍。安端偷瞄她。天哪，這豐潤的雙頰，這張小嘴兒，髮根，就在那兒，脖子那邊，這金黃的汗毛……

她穿著一件短上衣，最上面幾顆扣子沒扣，露出高聳的胸脯，看得出來很緊實，安端稍微落在她後面一點，從她的連身裙，可以看出令人暈眩的渾圓翹臀。

她還在說話：

「因爲，算了，醫生畢竟還是……照料別人一定很好玩。」

一名貌美如花的年輕女子，如此性感動人，竟然可以蠢成這樣，事實證明果眞如此，令人痛苦不已。她靠一些她所能想到的現成、隨時派得上用場，幾乎不需要經過大腦思考的泛泛之言、想法，來幫襯自己的表達。她的談話跳躍，既無緣由也無過渡，從一個主題跳到另一個，全部都僅止於她所知道的那麼一點點，全部都圍繞著波瓦勒居民打轉。安端十分靠近，還在仔細揣度她某些完美的細節（眉毛，耳朵，這個女孩甚至連耳朵都那麼可愛，簡直令人難以置信）。艾蜜莉則已經回溯到他們的過去，他們的童年，他們的鄰居，他們的回憶……

「我有一堆我們還在學校的時候拍的照片欸！還有在育樂中心拍的……跟羅曼，塞巴斯蒂安，蕾亞，凱文……還有寶琳！」

她提到一些安端記不住的人，但對她來說，他們似乎就在身邊，彷彿這個小鎮和她的生活本身，只不過是幾年後的學校操場罷了。

「哦，你一定得看看那些照片，人家都快被笑死了啦。」

她那清脆嬌嫩的笑聲在夜空迴盪，女人味、溫柔甜美，又難以忍受。安端實在想不出來這有什麼好笑，她竟然會樂成這樣。

對安端來說，班上這些照片距離喚起美好回憶還遠得很，因爲糾纏了他整個童年的那幅小雷米．德斯梅特的影像就是在拍全班大合照這個場合拍的。每次拍全班大合照，就會有人把你的瀏海梳順，讓你換上襯衫，拍照當天，大家去上學的時候都跟去做禮拜一樣，這成了一種儀式。

「妳要的話，我送妳回家。」

安端的建議令艾蜜莉興奮莫名，她停下腳步一會兒。他端詳她的臉龐，美麗的鵝蛋臉，雙瞳翦水，絲絨般的嘴……

「對啊，我送妳，如果妳想的話。」他回答。

短時間尷尬。安端雙眼低垂，兩人繼續往前走。

他們都走到鎮中心了，還可以感受到從遠處勒麥席耶先生家傳來的音樂迴聲。兩人缺乏話題，不知該說些什麼，接近鎮公所時，安端突然想起被大風暴吹倒的那棵巨大梧桐樹。

「對噢，」艾蜜莉說，「那棵梧桐樹！」

她花了幾秒鐘，重新回想一下那棵梧桐樹，然後才補充說道：

「這棵梧桐樹，有點像波瓦勒的歷史。」

安端差點就問她，「妳這話是什麼意思？」但他忍住沒說。

兩人再度陷入沉默。溫和的六月，這夜，這酒，這次不期而遇，這個迷人的女孩，在在都促使安端坦白交心，回到他始終想問卻始終沒問的這個問題上。

「什麼問題？」她問。

她的聲音流露出毫無機心的天真。

「嗯，比方說……西奧跟妳……你們之間曾經發生過……」

這次，艾蜜莉小小的清脆笑聲，安端並不討厭。

「我們那時候才十三歲啊！」

她停在大馬路中間，轉向他，面露詫異。

「噫？你該不會是在吃醋吧，是嗎？」

「是。」

他忍不住脫口而出，但立刻就後悔了，因爲他會這麼回她，其實最主要是因爲他很氣。骨子裡，他最氣的就是他自已，長久以來，竟然放任自己慘遭艾蜜莉的魅力、誘惑奴役，至於他今天之所以氣她，那是因爲她竟然還是跟以前一樣令他無法抗拒。

「那時候我好愛妳……」

這是一個簡單而可悲的事實。艾蜜莉絆了一下，抓住他的袖子，但馬上放手，彷彿這個動作有失分寸。安端則覺得自己好像做錯事被抓到似的。

「我這不是在告白，妳放心！」

「我知道。」

他們已經走到她家門口，暴風雨那天窗戶後面，艾蜜莉當時那張臉又突然浮現安端眼前。

「那天妳一臉疲憊……也很漂亮。眞的……非常漂亮……」

這句遲來的知心話逗得她嫣然一笑。

她推開花園柵門，走到後院，坐在輕輕嘎吱作響的鞦韆上面。安端跟著她。懸浮座椅比他們想像得更窄，要不就是因爲她稍微坐歪了點……安端感覺到她又溫熱又柔軟的臀部緊貼著他，他想坐開一點，可是沒辦法。

艾蜜莉稍微一蹬，他們開始擺盪了。淺黃色的光來自街燈。萬籟俱寂，兩人默默不語。

鞦韆擺動使得他們更爲靠近，於是安端做了一件他明明知道不該做的事，他牽起艾蜜莉的手，她緊貼著他作爲回應。

兩人擁吻。安端立刻就冷掉。

他不喜歡她的接吻方式，舌頭動得貪婪，害他聯想起口腔檢查，不過他還是繼續，反正這又不重要，因爲他們並不相愛。多虧這樣，一切比較單純。

他們調情，沒有承諾、沒有親密愛意，這僅是錯過多年、未曾觸碰過彼此的後果，他們今天之所以做得出來，就是因爲彼此之間毫無責任義務，他們是兒時同伴，他們之間唯有一段有待縮短的漫長歷史，彼此才會死心、無悔。他曾經那麼欲想過的那個小女孩，跟在他懷中的這個美豔卻愚蠢的年輕女子完全無關。所以說，在這一刻，他才會這麼想要她。

當下這個情境是假的，他們兩個都明白，現在即將發生的事，就如同一件正常又可預期的事情那般發生。

安端的手滑進艾蜜莉輕薄貼身的上衣裡面，找著一只又熱又有彈性到瘋狂的乳房，她的手滑進他褲襠間，作爲回敬。他們繼續吻著，笨拙急躁，口水順著下巴淌下，他們吻著，緊緊不分開，以免還要說話。

安端的手觸及這名年輕女子，又濕又熱，他發出暗啞低吼。

她將它握在手中，就跟她的吻一樣，粗魯，果決，笨拙。

他們扭動身軀，脫掉下身衣服。

艾蜜莉轉過去，雙手放在鞦韆上，雙腿分得很開。安端立刻插入。她拱得更厲害，好邀約他深入更裡面，她轉頭朝他再度貪婪索吻，一整條舌頭，還是如此貪婪……

她感覺到他硬了，在她裡面射了，她輕輕發出嗯嗯唔唔的動物叫聲……他永遠也不會知道她是不是也高潮了？

他們就這麼你貼著我、我黏著你好一會兒，不太知道該怎麼辦，甚至不敢互看，隨後就笑了出來。童年未了的心願，穿越時空，如今以成人身分著實玩了一場遊戲。

安端笨手笨腳拉起長褲，艾蜜莉扭腰擺臀穿回內褲，拉好裙子。

他們站著，不知道該說什麼，兩人急於分開，讓這件事就此了結。

艾蜜莉噗哧一笑，雙膝緊閉，一隻手置於下腹處，以一種小孩子被自己突如其來的慾望驚訝到的樣子。她眼珠滴溜溜地轉了兩下，狀似詫異，扭著自己的手，好像在把水瀝乾那樣，一下上，一下下，手指張開，哎喲哎喲哎喲……

她在安端唇上蜻蜓點水，吻了就跑，她跑到大門那邊，以指尖朝他這邊又送了一個飛吻。

連道別都很失敗。

安端結識死神，殺了雷米，若說那時候他的童年還沒有結束，那麼，今夜，絕對是他童年的終結日。

他在回家途中檢查手機來電。

蘿拉打過四次，都沒留言，他回撥她的號碼，但立刻切斷。打給蘿拉，也就是說向她說謊，這超乎他能力之外，他辦不到。今晚以失敗告終，他沒辦法解釋事情怎麼會這麼結束。慾望，對。少來，就他僅剩的那點慾望，眞的是慾望？連他自己都不相信。

他不回電蘿拉了，他放棄，他再找藉口吧……再說吧，他會找到的。

他媽媽一直留著他的房間，只有換了壁紙、傢俱等。他學生時期用的書桌、椅子，他的舊床，還有原本房裡一大部分的東西都被好端端地存放在地下室，但某些東西奇怪地逃過被流放到地下室：地球儀，足球球星席丹的海報，一個背包，一個筆筒，密卡登威震天變形金剛，英國國旗靠墊，她媽媽的篩選相當奇怪，安端參不透有何邏輯。

他討厭這種擺設，會害他回到他想敬而遠之的那個年代，不過反正他很少回來，而且他媽媽又煞費苦心才安排好房間，他狠不下心也沒精力把這一切都扔進紙箱裡放到人行道上，雖然他每次都想這麼做。

手機震動。又是蘿拉，都快凌晨一點了。這個夜晚，這個房間，這個地方，這種生活，讓他很不好受，他沒勇氣接。

手機終於不再兀自打轉，安端深吸了口氣，聽到街上傳來聲響。他媽媽跟著穆修特一家回來了。他跟艾蜜莉在鞦韆上像一對青少年似地發情，要是被他們撞見，會怎麼樣？

現在睡覺、假裝睡覺已經太晚了。他坐在桌前，擺出一副正在用功的樣子。這樣裝模作樣很荒謬，他引以爲恥，可是他又能怎樣？

庫爾丹太太看到他房間的燈還亮著，於是上了樓。

「我的大個子，你用功用得太晚，該睡了！」

多年來同樣的話，言下之意卻是因爲有這麼一個用功、成功的兒子而感到驕傲。她走上前，打開窗戶，闔上窗板，停了下來，突然想起一件事。

「喲，我說，你知道他們要開發聖厄斯塔什嗎？」

安端感到自己脊椎發抖。

「什麼意思？開發？開發什麼？」安端問道。

庫爾丹太太回到窗口。

「反正就是找到繼承人了。鎮公所買下那個地方，想蓋一個小型兒童遊樂園，這一整個大區的小孩子應該都會來，據他們說啦，最好會。」

庫爾丹太太面對任何創新，任何倡議，總是先表現出最大質疑。

「鎮公所那邊說已經研究過，說什麼會吸引闔家光臨，會創造就業機會。那就走著瞧吧。現在你該睡覺了，安端。」

「要蓋遊樂場的事是誰告訴妳的？」

「鎮公所兩個月前就公布了，不然你想怎麼樣？誰叫你自己從來都不在這邊，所以自然很多事你都不知道。」

安端一夜沒闔眼，第二天一大早，就去慢跑。

跑到了鎮公所，正式公告張貼在櫥窗裡面，上面寫著「聖厄斯塔什遊樂園施工公告，相關計畫細節請洽鎮公所」。

整地工作將從九月開始進行。

16

假期是無盡的折磨，焦慮到快瘋了。安端通過考試，但考完以後整個人都被掏空。他再也不想踏進波瓦勒一步，這未免太不理性，因為他遲早都得去看媽媽，可是他推說跟蘿拉去度長假，其實他們因為沒錢，所以才度了兩個禮拜的假。

看到被模擬成現在樣貌的雷米．德斯梅特照片，對他來說是一大衝擊，但公布聖厄斯塔什開工，才預示著一場大災難再度逼近，很難知道什麼時候會發生？又會如何發生？胡思亂想又害安端陷入一生中最糟糕的那段時刻，那段時刻正是他整個童年的濃縮。大家會重新開始尋找雷米的屍體，重新啓動調查，警方再度著手展開偵訊。他是其中一個最後看到那孩子活著的人，警方會傳他去說明。警方會剔除綁匪臨時起意綁架的那條線索，轉而集中調查波瓦勒鎮，居民，雷米的親人，鄰居，然而不可避免的，線索會導向他，到時候一切就結束了。十二年後，安端被這件事搞得筋疲力竭，他已無力撒謊。

這年夏天，安端想到逃亡，他想找一個不能將他引渡回國的目的地，但在他內心深處，他知道自己根本不會這麼做，他既沒那個膽識，也沒住在國外（光國外這個詞就跟他完全不搭！）逍遙法外的氣魄。他的生活格局如此狹隘侷限，他不是個敲骨吸髓、無惡不作、組織縝密的惡棍，他只是個迄今都很走運的平庸凶手。

他決定留下來——等——深陷鬱悶與折磨，逆來順受。

如今他已長大成人，監獄不再令他恐懼，他怕的是風暴：庭審、報紙、電視，和媒體大舉進攻波瓦勒，到處追著他媽跑，頭條新聞，專家訪談，法庭記者評論，攝影師，鄰居陳述……他想像艾蜜莉面對攝影鏡頭故意裝糊塗，並不以他們兩人之間曾經做過的事感到自豪。鎮長會設法幫他的波瓦勒鎮脫罪，徒勞無功，因爲波瓦勒既庇護受害者又幫凶手遮掩，而且兩者僅僅相距十幾米，媒體拍攝的時候會逗哭德斯梅特太太，凡樂婷會陪在她身邊，手上還抱著三個小娃娃，大家會再三追問那個很嚴重的問題，那個沒完沒了的問題：一個人怎麼會十二歲就成了殺人犯？每個人都對這個社會新聞趨之若鶩，因爲相較之下，每個人都覺得自己正常得不得了。電視會致力於把相關知名案件連根刨起，回溯到巡警有紀錄的最早年代。波瓦勒犯罪事件驅除掉所有人身上未付諸行動的暴力孽障，大家從而自我陶醉，把責任推到唯一一個人身上，看到某人因爲這種任何人都有可能做得出來的行爲受到懲罰而洋洋自得。

短短幾分鐘內，他就會榮登殺人魔王穹頂。他將不復存在。

他再也不是一個人，安端・庫爾丹成爲一個指標。

他的大腦沸騰，示警畫面混亂，隨後突然就回到現實，安端意識到從半小時來，他就一直沒說話，沒在聽，也沒回答蘿拉的問題。

他們租了一間小公寓，這一區遠離大學，卻離醫科教學及醫療中心相當近。

他們在一起前三年，一有空就做愛，乃至於縱慾放任，自從安端六月回來以後，兩人性行爲的間隔時間就拉長了些。蘿拉經常想要，安端任她擺佈，隨便配合應付一下，愛戲過程中卻性致缺缺，雄性氣概盡失。蘿拉帶著淡淡焦慮和相當劑量的哀怨，只能期待下次會更好。她從來沒看過安端很開心的樣子，這個男人神祕，沉默，嚴肅，憂心忡忡，正是因爲這樣她才喜歡他，他很帥，歡樂會害他的帥度失色，而安端身上帶有的那份穩重，也被硬生生襲來的憂鬱徹底瓦解，而目前這段時期，他的焦慮嚴重到令人擔心的程度。就蘿拉想像得到的範圍內，她猜應該是家裡的事，他是不是對自己的醫療職志有疑慮呢？還有，雖然她覺得不可能，但理所當然的，她就是會轉到這個假設上：安端有小三。

然而要蘿拉嫉妒還眞的得花點力氣，她就是嫉妒不起來。找不出原因，無奈之下，她還是回歸心理層面，對醫生來說，這畢竟是最令人放心的：仔細找出問題來源，才會有益於解決問題。

蘿拉正打算跟安端談談，無意中卻發現安端早已每天服用高劑量的抗焦慮藥。七月、八月就這麼過去。

從六月下旬以來安端沒再去看望庫爾丹太太，她當然會很擔心。每次他來看她，她都有做詳細紀錄，憑藉記憶力，這五年來，都把詳細日期鉅細靡遺記錄下來。怪的是，她從沒當他的面指責他，僅僅自滿於紀錄日期，彷彿他的遠離是他們之間某種令人遺憾、心照不宣，但卻必須如此的結果。

一個禮拜好幾次，他的思緒都放在因爲即將開工的聖厄斯塔什遊樂園上，安端又想到他最後一次在波瓦勒度過的那天，他在那邊度過了可怕又徒然的好幾小時，他又想到青少年雷米的照片，想到若不是他媽媽堅持，他絕對不會去的那場壽宴，想到跟艾蜜莉度過的愚蠢時刻。

他跟艾蜜莉在一起那件事是怎麼發生的，這還是一個謎。他想佔有她，因爲她很有吸引力，奉幼稚痴迷之名，還是除了一點慾望摻在裡面，另有很多報復。可是她呢？她希望些什麼？她對他抱著慾望？還是別的東西？或者她只是任由他對她爲所欲爲？不，她表現得甚至很主動，他還記得她那根無所不在的舌頭，她的手，她轉過頭來的方式，她拱起身子的方式，還有他插到她裡面那一刻，她看著他眼睛的方式。

即使拉開了點距離，這個女人依然跟他糾纏不清，她彷彿又出現在他眼前，兩人不可分割地聯繫在一起，在他的價值觀尺度中，她的美位於最上層，但她的談吐令他沮喪，他記得她一頭熱提到班上的老照片，何其幼稚。

艾蜜莉稍有一點動靜都會對他產生不少效果，因爲九月中旬的時候，庫爾丹太太告訴他艾蜜莉到家裡來問他的地址。

「她說要寄東西給你，可是沒說要寄什麼。」

話說照片這檔事，也三番兩次糾纏他。

他想像自己打開信封，他就連作夢都看到這些照片，他自己的臉和六歲雷米的臉相互重疊，隨後又是十七歲雷米的臉，這種混淆造成的後果，彷彿那些早夭兒童被凍結在牌位上的肖像一般令人迷惘。

他又想到德斯梅特家放餐具的五斗櫃，那塊空著的地方似乎在耐心等待，直到正義伸張那天。

他打算一收到這些照片，連看都不看就扔掉。他並不是想要撇清些什麼，畢竟，這麼多年來，他甚至在波瓦勒連碰都沒碰過艾蜜莉，幸運的是，他會越來越少去。

現在到了十月初。

艾蜜莉正是在這個時候現身的，不過不是以信封裝著照片的形式，而是親自蒞臨，有血有肉的眞人艾蜜莉，穿著實在很可笑的印花連衣裙，可笑歸可笑，但依然掩飾不了她的美。她化了妝，擦了香水，做了頭髮，容光煥發，盛裝打扮，好似要參加婚禮，她按了門鈴。蘿拉開的，「妳好，我是艾蜜莉，我想見安端。」

蘿拉十分震驚。

來者不需要多說半個字，蘿拉便已轉身，「安端，找你的！」她穿上外套，套上鞋子。

安端被不速之客嚇到，等他意會過來，想做出反應，「等等」，已經來不及了，蘿拉已經出門，只聽到樓梯上神經質的腳步聲，安端往下探頭，喊她的名字，看到她的手沿著樓梯欄杆很快一路往下，一直到了一樓。他不知道她要去哪？怎麼會突然醋勁大發呢？他轉過身來，這才想起原因。

他回到公寓，非常生氣。

艾蜜莉似乎對這一切一點都沒有不好意思的樣子。

「我可以坐嗎？」她問。

爲了證明她會這麼問事出有因，她加上這句：

「我懷孕了。」

安端臉刷地白了。艾蜜莉回顧「他們那個夜晚」，東扯西拉了好久，安端眞受不了這一幕。她提到重逢有多感動，他們之間的慾望那麼突然卻深刻，簡直是深入肺腑，就她這方面而言，她從沒擁有過如此快感。「我不能代替你發言，可是我，我簡直是……自從那一天後，我一分鐘都沒睡著過，我再見到你的那一刻，我就確定自己始終愛你愛得無法自拔，我不想承認也不行。」云云。安端簡直不敢相信自己的耳朵。事情演變如此荒謬，他無法抗拒想笑的衝動，若不是他衡量到這麼做的結果和誤會有多嚴重，他眞的會笑出來。

「我們那只是……」

他閉上嘴，想著該怎麼說。身爲醫生的他嘶吼著某句話，但身爲男人的他卻開不了口。他不得不逼著自己這麼問：

「可是誰知道是不是我的？好，妳懂我的意思……」

艾蜜莉早就準備好她的一套說詞。她把包包放在腳下，雙腿交叉。

「我不可能懷了我的……我是說杰羅姆的，因爲他不在我身邊都四個月了。」

「但是，妳可能懷了別人的孩子！」

「是啊，是這樣沒錯，把我當成妓女看待，你撇清得可眞快。」

安端這句話激怒了艾蜜莉，她顯然從來沒想過竟然會出現這種問題。安端只得道歉：

「我不是這個意思。」

他閉上嘴，算算日子，計算結果讓他嚇了一跳：艾蜜莉口中念念不忘的「他們那個夜晚」都已經過了十三週。

顯然，合法墮胎現在是不可能的。

一切昭然若揭：她故意等到過了合法墮胎期限，才來找他！

「對，安端，就是這樣沒錯！我不要拿掉孩子，不能做這種事。首先就因爲我爸媽……」

「誰管妳爸媽！」

「可是我，我不會不管我爸媽，而且懷孕的是我。」

安端想知道她會怎麼討價還價，才能了結這件事。難道他要照單全收嗎？

「而你是孩子的父親。」她補充說，雙眼低垂，她八成在電視上看過。

「但是，艾蜜莉，妳到底想怎樣？」

「我跟我的……呃，我是說我跟杰羅姆吹了。我沒有告訴他全部真相，我不希望他覺得我們做了對不起他的事，反正我跟他吹了就對了。」

「妳到底想怎麼樣？」

她皺了皺她那兩道漂亮的金眉毛，很驚訝安端竟然會問這麼蠢的問題。

「我要這個孩子活下來！這才正常，不是嗎？他有權得到所有他應得的機會！」

他閉上眼睛。

「我們得結婚，安端，我父母……」

安端從椅子上跳起來，激動不已，大聲嘶吼：

「這是不可能的！」

艾蜜莉被他嚇壞了，她往椅子裡面坐了坐。他非說服她留下孩子的想法有多麼荒謬不可，他試著冷靜下來，靠過去她椅子那邊，坐在她對面，拉起她的手。

「這是不可能的，艾蜜莉，我不愛妳，我沒辦法娶妳！」

得先找到她能瞭解的論點才行。

「我沒辦法讓妳幸福，妳懂嗎？」這種說法讓艾蜜莉面露疑惑，她不太清楚他這麼說是什麼意思。其實，兩個月以來，她都活在安端「會讓關係正常化」的這種想法中，沒進一步考慮其他。

「還來得及中斷妊娠期，」安端堅持，「我會付錢，妳不用擔心。我會想辦法籌到錢，我會找到非常好的診所，妳什麼都不用怕，妳放心，我會搞定一切，可是妳得拿掉這個孩子，因爲我不會娶妳的。」

「你這是要我犯罪！」

艾蜜莉握緊拳頭，緊張得放在雙乳之間。一段很長的沉默。安端開始恨她。

「妳故意的？」他冷冷問道。

「我爲什麼要這麼做？我的意思是說我怎麼會做出……」

艾蜜莉力圖表達一個簡單的想法，卻不知該如何說起，但她看起來很誠懇。

安端被這個明顯的事實打敗了：這是一個意外。艾蜜莉應該也寧願嫁給她的中士，只不過這下好了，在她婚前這段期間，發生了「他們那個夜晚」，她想嫁給中士的希望落空，現在的情況變成，艾蜜莉懷了孩子，而孩子是安端的。

他吃了秤砣鐵了心。他站起來。

「我很抱歉，艾蜜莉，不就是不。我不要這個孩子，我不要妳，我全都不要。我會想辦法籌到錢，但是我不想要孩子，永遠都不要，這超乎我的能力範圍，我不認爲妳能理解。」

這名年輕女子淚珠就掛在眼眶。安端眼前浮現艾蜜莉帶這個消息回家的情景。他跑來找安端，絕對有過跟她父母、跟她那神聖不可侵犯的母親長時間準備，沙盤推演，他現在就想像得出穆修特一家人的樣子，父親，僵硬得跟復活節蠟燭有得比，母親，裹著她的馬海羊毛披肩……他們怎麼會以爲安端會讓步，會娶他們的女兒呢？太難以置信。

事態發展不如艾蜜莉預期，這回輪到她站起來，走近安端。

她的手繞著他的脖子，他還沒來得及反應，她就把嘴唇貼在他的上面，舌頭硬是直探到底，等著安端做點回應（她自己八成也不知道所有男人都會願意爲之獻祭的這個儀典能否奏效？但是，即便連她自己都沒有任何感覺，她依然充滿信念，甚至滿懷熱情全心投入，可惜的是，她既無想法，又沒策略，更缺乏天賦）。

安端轉過頭，鬆開艾蜜莉的胳臂，緩慢後退。

這名年輕女子感覺慘遭拋棄，淚流滿面。面對這個哭得梨花帶淚、美得不可方物的女孩，安端甚至因而動情，但心理上，他已經緊緊封閉自己，以避免屈服於誘惑，他只要一秒鐘，便可想像她所能提供他的生活會怎麼樣，光這點便足以凝聚力量來對抗一般人辦不到的這種誘惑。他唯一做的，只有把手放在她肩膀上。

幾分鐘前，他還恨她，現在他可憐她。

一個念頭襲來，稍縱即逝，除了穆修特一家子，還有誰知道？他不是想到他自己，因爲他永遠再也不回去波瓦勒了，他想到的是他媽媽。這一切都很可悲。

「你要拋棄我們？」艾蜜莉問。

說出古里古怪的句子，她眞有一套，她到底是打哪抄來的？她大聲擤了擤鼻涕。

「艾蜜莉，我很抱歉，我不能爲妳做任何事情。我會搞定一切：找到一個很好的診所，該付多少就付多少，沒有人會知道任何事，我向妳保證。妳還年輕，我相信妳和妳的杰羅姆，你們會有很多小孩，妳跟他可以生孩子，跟我不行。妳得趕緊決定，艾蜜莉……否則，我就什麼忙都幫不上了。」

艾蜜莉頻頻點頭，她抱著某種想法而來，但是沒有奏效，事先準備好的臺詞她已經說了，她不知道自己還能怎麼辦？她勉強站起身來。

有那麼片刻，安端想像艾蜜莉歷經這種情況，使得她得以扮演這種不幸的角色，艾蜜莉反而會感到喜悅，因爲在她的生活中終於發生了戲劇性大事，而她正是女主角，就跟電視上演得一樣。

她在桌上留下一只大信封。班上的照片。天那，她竟然眞的帶來了……

她以爲會怎樣？他們會坐在床上，兩個人彼此依偎，邊翻邊看邊笑？她以爲安端會悠然神往，受到誘惑，愛到忘我，以爲他會把手放在她肚子上，問她有沒有胎動？

她這麼天真，他被她給打敗了。

艾蜜莉走了以後，他花了好長一段時間來思考後果。他抓住一線希望：奇蹟般地，到目前爲止，他都安然度過所有情況，安然度過命運之神在他的人生道路上預設的陷阱：他以爲大家會發現雷米，結果沒人發現；他以爲自己一定會被逮捕，結果他成了漏網之魚；艾蜜莉，儘管她懷孕，畢竟還是無功而返……他開始相信好運或許會延長。長久以來，他第一次想到運氣，這才覺得如釋重負。

他等蘿拉回來，他自己也沒想到自己竟然還能這麼平靜。

她回來了。跟剛剛那個女人相較之下，天淵之別。

「你好歹可以讓空氣流通流通，一屋子狐狸精的味道！」她邊說，邊抓起背包，把手邊拿得到的東西一股腦兒胡亂塞了進去。

安端笑了，他從沒感覺自己這麼強大、這麼確定自己的情感。他一把抓住她的肩膀，逼她轉過來面對他，他依然面帶微笑，他說：

「好，我跟一個我一點都不在乎的中學同學上了床，就那麼一次。她來這裡重提舊事，我把她趕了出去，我愛妳。」

安端很有說服力，因爲他所說的一切都是眞眞切切，沒有絲毫欺騙，除非他有漏說什麼，然而，在這個當下，一點都不重要。

他瞬間變得無人可敵，驟然釋放出一股力量，就連蘿拉本人也被打動。她雙手抱著一件衣服，安端還在笑咪咪的，硬逼她張開雙腿。

他脫下她的毛衣，手勢堅定精確，他那突如其來的慾望淩駕一切，他們滾在床上，從床上滾到地板，兩情纏綿，逕直滾到餐桌那，跌跌撞撞，安端已經進入她裡面，她永遠也不知道他是怎麼操她的，她開始從頭顫抖到腳，陣陣痙攣自腳底板升起，他把她從地上抬了起來，腰際一陣緊縮，她狂吼出聲。兩次。

她在他下面昏了過去。

17

艾蜜莉寫了好多信，一個禮拜兩三封。蘿拉邊嘆氣以示厭煩至極，邊把信放在桌上。安端看了，好歹最前面幾封，雜亂無章，不知所云，就連最一般的訊息，也都千篇一律：「不要拋棄我和我們的孩子！」艾蜜莉的筆跡稚嫩（「孩」右邊上面那點，還用畫圈圈的），外加派上各式各樣陳詞濫調以強調安端害她陷入絕望的深淵。「不要拋棄你的骨肉」緊接著就是「你在我身上燃燒剩下的灰燼」、「一波波的慾望」已經「淹沒了我」，那天晚上她「因爲男歡女愛而筋疲力竭」，內容貧乏到幾乎令人痛苦的程度，信如其人，透過信完全看得出她是哪種女人。

這些信件很愚蠢，但艾蜜莉的慌亂卻是眞實的。她父母虔誠的宗教信仰（就連她本身也是），絕不允許她墮胎，她會成爲一個所謂的未婚媽媽，一個人撫養孩子……他想到她未來的生活。他的思緒有時不怎麼靈光，但他認爲，美麗如她，即使有孩子，找到老公也不難。至於她父母，他們樂於背負這個十字架，他們會毫不掩飾、露骨表現出一副犧牲奉獻的聖人像，搞了半天，皆大歡喜。

十一月初，法國到處陰雨綿綿，安端跑著追電車，在馬路上滑了一下，還好即使抓住牆邊，才沒有跌倒。

幾天後，他媽媽就沒那麼幸運。她穿越幹道，被一輛車擦撞，大家聽到一聲悶響，就看到剛從地上爬起來的庫爾丹太太又重摔在人行道上。她住院治療，醫院通知她兒子。

安端和蘿拉正在床上（一個月以來他們一直這樣，害怕分離有時候會造成某種效應）。

安端拿起電話，呆掉，蘿拉還搞不清狀況。醫院護士沒多說細節，不過最好別拖，立刻趕過去。

一聽到他媽住院的消息，安端衝上第一班開往聖伊萊爾的火車，到站後，他叫了一輛計程車，趕到醫院時還是太晚了，雖然已經過了訪客時間，但護士說，「我們讓你進去。」他聽了一大堆注意防範事項，他派上最實用的長話短說策略：「我是醫生。」

至於跟他同行的這位醫生可不像護士小姐那麼好打發：在他面前是一個病人，病人就是病人。

「你母親頭部受到重創。臨床檢查並無異常，電腦斷層掃描結果令人欣慰，但她卻陷入深度昏迷，目前很難再多說些什麼。」

醫生並沒有提會出示X光片給他看，而且堅持只透露最少訊息，換成安端，易地而處，他也絕對會這麼做。

庫爾丹太太睡著，他靠過去，拉起她的手，哭了。

同一時間，蘿拉已經幫他訂好房間。

中央旅館。

他三更半夜才到旅館。大堂散發著優雅氣味，他從童年以後就沒聞過這種他們這一帶特有的味道。花卉圖案壁紙，印花窗簾，滾邊床罩……蘿拉選得很棒：房間看起來像他媽媽。

他和衣上床，睡著了。睡著睡著，他好像醒了，不知道現在幾點，他媽媽在他房裡，就坐在床邊。

「安端，你是不是有什麼心事？」她問。「你怎麼穿著衣服睡覺？你看，連鞋子都沒脫。這不像你。你要是生病了，爲什麼不說呢？」

他搖搖頭，大大吐了一口氣，沖了個澡，管線打著哆嗦，八成吵醒全旅館的人。

他打給蘿拉，把她從沉睡中吵醒，「可是我愛你，」她說，還睡得迷迷糊糊，「我愛你，我在，」安端看了看房間，他只有一個慾望，緊緊貼著她，聞著她那愛的氣息，感受她的熱度，在她身上融化、消失，而她說，「我愛你，」聲音低沉，既在咫尺又在天涯，安端哭了，隨後就睡著了。但一大早，他就出了旅館，前往醫院。

他不知道該不該通知他爸？這沒有任何意義，他父母八百年前就離婚了。他父親會被迫前來，以顯示自己跟兒子很親，那麼，這就會是個謊言，要不就是他拒絕前來，因爲這個女人對他來說，從二十年前就再也什麼都不是了。安端身邊，只剩下蘿拉。他的人生竟然減省到就剩這麼幾個人，眞的瘋了。

庫爾丹太太從昨天到現在連一公釐都沒動過。

安端看看圖表、曲線，機械式地檢查設備，該檢查的都檢查了，只得又在母親床邊坐了下來。

一波未平一波又起，他又擔心起另一個問題。現在，在房間裡的死寂裡，因爲自己遭到制約，不能活動，他意識到：自己離波瓦勒只有幾公里。

不知道他的不幸會以什麼方式結束。庫爾丹太太，她快死了嗎？雷米的屍體也終於快被發現了？萬一眞的這樣，那會是在庫爾丹太太死前還是死後？

把安端累壞的已經不再是罪惡感，也不是被逮捕的恐懼，而是等待。不確定。只要他沒有遠離此地，什麼事情都可能發生，他的生活會在幾秒鐘內崩盤瓦解。現在這已經不是還有幾個月才會發生的事了，而是像長跑競賽，最後幾公里路，在他看來正是最難捱的。

中午剛過，狄拉弗醫生來看他媽媽，低調、不引人注意，就跟大家想像中一樣。

他總是給人走錯病房的印象，一副意識到自己走錯了，正打算走出病房的樣子，他一發現安端在病房裡面，無疑他正打算走出去，他掩飾著自己的尷尬，殊不知，因爲撞上意料之外的情形而感到驚訝，一秒鐘遲疑就足以出賣你。

安端已經許多年沒看過他，他老了好多，他那張臉，現在像羊皮紙一般蠟黃，不過還是一如既往，面無表情，令人難以參透。他繼續過著孤獨神祕的生活嗎？禮拜天他還穿著那套醜不拉嘰的慢跑服在打掃自己的診所嗎？

兩個男人握手寒暄了兩句，兩人肩並肩坐著觀察庫爾丹太太，隨後他們瞭解到，他們這種死寂有點像驗屍前的冥思。

「你幾年級了？」這時醫生開口問道。

「最後一年。」

「啊，這麼快。」

狄拉弗醫生的聲音把安端拉回去好久以前那奇怪的幾分鐘。「要是我讓你住院治療，情況就會有所不同，你懂嗎？」

這是眞的。如果安端企圖自殺那一天住了院，調查早就展開，警方會問他話，他會供出自己殺了雷米，對他來說，這一切就結束了，狄拉弗醫生就是在這件事上面保護過他。

他到底知道什麼？他不可能知道細節，但是鄰居小孩才剛失蹤幾個鐘頭，全鎭正圍繞這個悲劇事件，這個十二歲的男孩想死，意義絕對非比尋常，這正是良心不安的眞實案例。

「如果哪天你發生什麼事，你可以問我，打電話給我。」他這麼說過。那一天始終沒來，安端從來沒打過電話給他。奇怪的是，這些年來，安端從來沒像現在這個時刻如此接近深淵，而狄拉弗醫生竟然又再度出現。

狄拉弗醫生想都沒想到的是：現在才是會發生「什麼事」的時候，因爲雷米的屍體很快就會被發現。

安端看著她母親慘白的臉。

她也一樣，她也「知道些什麼」，但她不想深究，她的直覺告訴她，毫無疑問，她兒子摻進小雷米的這場悲劇，她試圖保護兒子對抗那未知且步步進逼的惡，而這個由謊言、無知與沉默搭起來的腳手架，至今已經將近十二年了。

安端現在跟他那場悲劇的兩大證人一同待在醫院病房裡，當時這兩個大人各以各的方式，寧願保持沉默。

而這件事正在了結中。

眼下，原木運營商的卡車八成爬坡上了山丘，逕往聖厄斯塔什森林開去，推土機也已揚起，推倒樹木。埋在林業機械軌跡下的雷米·德斯梅特的遺體不會永遠散落，而會像榮譽勳位騎士雕像那般，突然就冒出來，從而要求最終正義，好讓安端·庫爾丹受到法律制裁，被逮捕、審訊、判刑。

庫爾丹太太開始吐出幾個聽不清楚的音節。

這兩個男人，床兩側一邊一個，看著她，聽著這些囈語，看看可不可以抓到一絲意義，顯然徒勞。

「接下來你打算怎麼樣？」醫生問。

他指的得是什麼？安端心想，然後才又回到這個中斷了的對話上。

「哦，從事人道醫療方面。我面試已經通過了……應該會通過吧……」

狄拉弗醫生仍然沉思了很久。

「對，你想離開這裡……」

他突然抬起頭，彷彿突然受到開示，盯著安端。

「這裡是個小地方，可不是嗎！」

安端想提出異議。

「是這樣沒錯，」醫生說，「這裡的確是個小地方，我明白，你知道……我的意思是說……」

於是他就陷入深思，之後他就起身，走了，跟他來的時候一樣，以他那種貓般的方式，淡然客觀，他只有點點頭，冒出一句令人既驚訝又神祕的宣告：

「我挺喜歡你的，安端。」

安端幻想永遠別再踏入波瓦勒一步，這一天卻沒逃過：傍晚時分，醫院管理處需要庫爾丹太太的證件、換洗衣物，安端非回去拿不可，沒有其他人可以代勞。

一想到回波瓦勒，他就快窒息。他媽媽家離穆修特家很近，想也知道萬一艾蜜莉發現他來了，那一幕會有多難以忍受。

他儘量拖時間，使出各種藉口，等他媽媽梳洗完畢，醫生查房完後就去等等。

他機械式地打開電視看晚間新聞。

一整個早上，最重大的事件都圍繞著全國持續放送的這條新聞：剛剛在聖厄斯塔什園區挖到一副小孩子的骸骨。

爲了謹慎起見，巡警僅僅證實的確有發現，但對受害者身分下了封口令，可是記者還有該區所有居民，顯然都心裡有數：絕對是雷米．德斯梅特的屍體，除了他以外，還會有誰呢？

安端等著這個消息。他甚至花了十多年來做心理準備，但基本上，誠如至親過世，永遠也不可能有準備好的那一天。

隨著報導一個接一個，電視螢幕背景也跟著報導內容而有所轉變，攝影機拍了工程中斷的場區，卡車停住不動，推土機沉默不語，穿著白色連身裝的鑑識人員在車輛周圍忙進忙出，警示燈一閃一爍，燈光掃過將該區圍起來的柵欄，柵欄裡面穿著套裝和制服的人員正忙得不可開交，但這一切都只是陪襯的裝飾罷了，眞正令媒體興奮的是雷米．德斯梅特。剛發現屍體的前幾個鐘頭，從前失蹤告示海報上面用過的那張照片，絕對是在全法國大力放送最廣爲人知、最受矚目的一張。記者趕到德斯梅特太太那，把她家團團圍住，但還沒能成功採訪到她，轉而採訪其他人，這點倒是輕而易舉：鄰居、商家、民選代表、路人、郵差、老師、學生家長，每個人都激動得熱淚盈眶，全鎮都欣然接受在痛苦中接受採訪。

安端試著儘量理性，但他所能想像到的結果，都慘遭媒體的預期結果蹂躪掃除。快，他自忖，你還是好好想想，接下來會怎麼樣吧？

蘿拉偏偏挑這個時候打電話來，安端沒勇氣接。

神智不清的庫爾丹太太躺在他後面，聲音越來越大。安端一整天都在密切觀察發現小雷米屍體這件事情的演變，最新遺骸分析情形，被害者的可能身分（電視上秀出雷米那張笑咪咪的照片，瀏海服貼，身上穿著他那件印有藍色小象的T恤），現在大家都在等他確切的死亡原因，以及這孩子在生前或生前有可能經歷過的凌虐。新聞報導還提到重啓調查，殊不知巡警、司法單位和內政部可是拍胸脯保證過，但這件案子從未結案。大家抱著希望等待，但願能發現可茲重開調查的線索，並將罪魁禍首繩之以法。

一名年輕女子在新聞頻道麥克風前擺出一副符合這種場面的莊嚴肅穆狀，攝影機鏡頭則持續對著鎮公所廣場拍攝，廣場周圍滿是靜謐人群在默哀，不過大家還是卯足了勁兒想入鏡，安端感到一陣噁心。

「根據調查，被綁架的假設依然有可能成立，但孩子並沒有被帶到很遠的地方，而是就被關在快出本鎮的地方。有鑒於此，調查將集中在這座鄉鎮本身……重點調查目前記者所在位置的波瓦勒鎮。」

這樁案子又回到起點，現在朝庫爾丹太太的屋子匍匐爬來。安端依然有可能被訊問，警方會問他有沒有想起些什麼雷米的事，每撒一次謊，都有如抬起鐵砧般沉重，他覺得自己再也沒有力氣。

萬一巡警按門鈴，安端就會二話不說，束手就擒。

他忘了得去波瓦勒拿證件。雖然庫爾丹太太已進入一種越來越活躍的譫妄狀態，但卻乏力疲憊，安端設法坐在椅子打個盹兒，睡到清晨五點，他就醒了。他在小浴室的鏡子裡面，看到一個再度被法網捕獲的逃犯。他出了醫院，走到車站，車站前有好幾輛計程車正在等待從巴黎開來的頭班火車的乘客，他搭了一輛前往波瓦勒，但願到他媽家途中別碰到任何人。他還真的沒碰到。

他下了計程車，忍不住往隔壁那棟瞄了一眼。是偶然？還是直覺？雖然還不到早上六點，但他看到窗櫺後面穆修特太太一動不動的身影，虛無飄渺，目光尾隨著他。她幽靈般的美，散發出鬼魅般的光譜，安端感覺自己看到蜘蛛在蜘蛛網最後面，正準備一躍而起……

他趕緊進到他媽家中。

庫爾丹太太家有著鄉下人的乾淨清爽，那些證件從開天闢地以來就放在同一個抽屜。安端在醫院椅子上睡得很不安穩，而且睡得心神不寧，腰酸背痛，於是他便在客廳長沙發躺下，睡著了，一睡就睡到十點才醒，精疲力竭，消沉沮喪，頭重腳輕，好像前一天狂歡或參加聖誕晚會，這些情況每每都很類似。

他用他媽的古董咖啡機煮咖啡，跟他從小熟知一模一樣的氣味和味道從而再現。

他抵擋不住自己想要知道從他離開醫院後到現在事情的演變，於是打開電視。檢察官的臉塞滿了整個螢幕，正提到「昨天發現骸骨的被害者身分」：

「確實是一九九九年十二月二十三日失蹤的小雷米．德斯梅特。」

安端手一鬆，杯子落在地毯上，破了。他朝窗戶看了看，奇怪的反射動作，好像他期待看到全波瓦勒的人都聚集在從前德斯梅特一家的屋外，同時也期待聽到窗外群眾叫囂著要找凶手算帳。

「一九九九年那次大洪水並沒有淹到聖厄斯塔什那麼高的地方，而且這個孩子的遺骸受到許多當時被吹倒的樹木保護，所以這麼多年來，才沒有受到太多傷害，法醫鑑識身分的分析工作因而得以順利進行。」

安端盯著地毯上破杯子碎片，咖啡灑出來形成一大個暗沉污斑漸漸擴大，好像餐巾上的葡萄酒漬……

「這孩子右邊太陽穴受到暴力猛擊，應該就是導致死亡的原因，至於他是否有受到別的暴力對待，目前顯然還言之過早。」

現在發生的這一切其實非常合乎邏輯，可是眼見案件偵辦急速衝著他這邊來，安端驚恐不安，何況這兩天來他又如此疲憊……

他站起來，勉爲其難把必須帶給醫院的證件收攏，叫了弗澤利爾的計程車，到屋外等，他需要空氣。

這麼久沒回波瓦勒，他還沒來得及追溯自己的腳步，才一走出花園門口，某家電臺記者就把他堵個正著。

「小雷米．德斯梅特失蹤的時候，你就住在他們家隔壁，你跟他是不是很熟，他是個怎麼樣的孩子？」

安端支吾了幾個字，記者要求他再說一遍。

「呃，他是鄰居……」

安端不符合記者的標準：難道他不明白，他需要作出更個人的反應，放進去更多情感嗎？記者很不爽。

「是的，當然，可是……這個小孩究竟是個怎麼樣的孩子呢？」

計程車到了，安端衝進去。

透過車窗，他看到記者已經又訪問起一名年輕的金髮女子，是艾蜜莉，她剛從家裡出來，裹著她母親的披肩。她變圓潤了。邊回答記者問題，目光邊尾隨著剛剛開遠的計程車。

庫爾丹太太還處於間歇譫妄折磨狀態，她很躁動，頭轉來轉去，發出的音節語無倫次又一再重複，此外她還說出幾個名字（安端！克利斯提昂！），她兒子和前夫的名字，還有另一個（安德烈！），應該是她兒時的青梅竹馬吧。

安端整天都待在她身邊，幫她擦拭額頭，有人幫她清洗的時候，他才出去，然後再進來坐回椅子上，精疲力竭，有氣無力，飽受折磨。

庫爾丹太太的譫妄看似陷入循環，頭仍是同樣動作，唇邊總是吐出同樣幾個名字：「安端！安德烈！」跟她在一起，跟守著高高架在牆上的電視機一樣虐心，「雷米．德斯梅特案」的新聞報導持續播報中。

檔案已經被記者挖了出來。雖然只不過是十幾年前，但是影像已經模糊得可怕：梧桐樹橫躺在波瓦勒鎮公所廣場上，小雷米家前面德斯梅特先生衝著記者大發雷霆，還像揮去大片不祥烏雲那般驅趕記者；鎮長韋澤先生，忙著指揮一大早的大搜查，各搜索小隊朝周遭森林出發，接著就是風暴的畫面，洪水，遭到蹂躪的汽車，被吹倒的樹木，累壞了的居民，士氣低落……

一整天，蘿拉留了好多封簡訊在安端的手機裡，每次都回到同一件事情上面：我愛你。

晚上六點左右，庫爾丹太太終於從昏迷中甦醒。安端叫來護士。立刻就是一陣忙亂，醫護人員帶走她，安端在走廊上緊張等待。花了一個多小時，護士才終於過來跟安端確認他媽媽的確甦醒過來，可是她將留院觀察一段時間，他沒有必要待在這裡等，病情有任何進展，醫院都會通知他。

他回病房拿了外套，回到旅館，睡了又睡……

電視還開著。安端抬頭望向螢幕：

「法醫鑑識人員在現場找到一根不屬於被害人的頭髮，當然不能因此就推斷是凶手的，雖然可能性相當高……目前正在進行DNA分析，一旦有結果，也就是說很快就會有，警方就會透過『國家基因印記檔案』做全面DNA比對。如果碰到DNA相符者，就會請對方過來說明，爲什麼他的頭髮會掉在失蹤小孩遺骸附近……」

18

子夜時分，安端躺在旅館房間床上，聽到走廊有腳步聲，有人敲了他的房門，沒等他應門，蘿拉就走了進來，放下包包，外套隨手一扔，安端還沒來得及說半句話，蘿拉已經趴在他身上，頭靠著他的脖子，她喘得好急促，好像才剛跑完步。安端緊緊擁她入懷。她意外到來，他並不清楚對自己產生什麼作用。

要是別的時候，他早就把她轉過去，瘋狂跟她做愛，但是這一夜……

他沒法想像當蘿拉得知他真正是個什麼樣的男人時會有什麼反應。對他媽媽來說，則不一樣，他媽媽一直都知道些什麼。前者會離他而去，後者垂垂死矣。蘿拉，在他身上趴了好久，自己脫了衣服，幫他脫了衣服，彷彿他是一個孩子，拉起被子，兩個人鑽到被子下面，緊緊依偎，好緊好緊，然後兩個人就睡著了。

安端疲憊得無以復加，偏偏就是睡得很淺。蘿拉呼吸得很沉，很平靜。她對他這麼信任令他心疼。他開始輕聲啜泣。

蘿拉沒睜開眼睛也沒動，一根手指掠過他的臉頰，抓住一滴淚，留在她手心。

幾秒鐘後，他睡著了，當他醒來的時候，天色已亮，他看看錶：九點三十分。蘿拉已經離去，在一本她撕了一頁的雜誌空白處留下三個字「我愛你」。

就這麼過了兩天，在這期間，庫爾丹太太慢慢恢復，一小時又比一小時更好。她臉色依然蒼白，還是很累，吃得又少，可是講起話來比較不會語無倫次，而是只有一點斷斷續續，她又重新有了時間和空間概念，平衡感也慢慢增強，經過最後一次X光會診，院方認爲可以讓她出院回家靜養。

急於顯示出自己「腦筋清楚得很」，絕對是這樣，庫爾丹太太非堅持自己整理行李不可，偏偏有時候她又搖搖晃晃，於是她就用指尖撐著床頭櫃，或者床頭以保持身體平衡。

安端把衣服遞給她，由她自己疊好，然後仔細收進行李箱裡，可是兩個人的眼睛依然都緊盯著電視螢幕不放，不用說也知道正在播放「雷米．德斯梅特事件」的最新發展。

安端認出那個站在波瓦勒鎮公所前的年輕記者就是幾天前他碰到過的那一個。

「DNA會說話，警方現在對在小雷米．德斯梅特遺體附近發現的那根頭髮的主人，知道得稍微多一點：白人，男性。目前尙無法評估身材，不過可以肯定的是眼睛栗色，頭髮淺色。符合上述描繪的人顯然數量眾多，無法讓本案調查員藉此描繪出這個人的素描圖像。」

安端等到消息又重複播放了一次，才得出一個令他還不敢相信的結論：警方握有DNA，很可能就是他的，可是由於他向來都沒有案底，只要他的生物跡證不要被警方建檔，發現他殺害雷米．德斯梅特的風險幾乎是零。

重啓調查似乎不太可能，何況，首先就是，往哪個方向查起呢？

十餘年後，雷米．德斯梅特案件掀起了些許漣漪，隨後便再次消失無痕。

安端的生活就此恢復正常了嗎？

「哦，庫爾丹太太，我們的聖誕禮物都靠妳囉！」護士，褐髮，嬌小玲瓏，眼睛閃閃發亮，這個笑話八成說給所有出院的病人聽過，而且也等著和往常一樣奏效，但這回卻落空了，這兩個人完全無動於衷，全心全意都被電視螢幕吸引，最後連她也被勾起興趣。

弗澤利爾超市側邊有一扇保留給工作人員出入用的偏門，從設在偏門的那臺監視攝影機裡，看到科瓦爾斯基先生被兩名巡警架著，走了出來。

「本案唯一嫌疑人只剩下科瓦爾斯基先生，他曾在馬爾蒙賣豬肉，當年曾經因爲證據不足而遭到釋放。此番調查會緊緊抓住這條線索，從這個唯一目擊證人身上取樣，以便將他的DNA跟一九九九年那個不幸受害者的DNA做比對。」

安端一直都知道他媽媽很討厭科瓦爾斯基先生，雖然她到處宣傳他是個小氣鬼、剝削狂，害他臭名滿天下，但是遭到自己認識的人欺騙，還是令她很難掩飾對自己這位前老闆的憤慨，毫無疑問，她也深感不滿與氣憤，就跟經過一個人身邊，結果緊接著發現原來他是個變態、善於操控，甚至像怪物一樣可怕的那種感覺。

這是安端第二次看到他被逮捕，也是第二次覺得五味雜陳，但並沒有過於良心不安；倘若司法果眞犯錯，他可是會大鬆一口氣。DNA不像證人一樣有可能說謊，可是他再度希望科瓦爾斯基權充他的替罪羔羊，代替他被判刑。話說安端好多年沒看過他，他也老了非常多；頭髮白了，老態龍鍾，看起來又更瘦了，走起路來步伐甚慢，而且垂頭喪氣。

一九九九年，因爲他被逮捕，他的商譽未能倖免於難，熟食生意一年不如一年，使得他不得不賣掉自己的店，隨後又重新成爲弗澤利爾超市生熟豬肉製品的部門主管。

由於DNA一定不符，可以想見科瓦爾斯基先生會在一天內，最晚兩天內，便遭到釋放，這有可能是這個案子中最後一大轉折，因爲從此以後小雷米這個案子只會注定變成警方檔案室又一件歸檔的檔案罷了。隨著一分鐘又一分鐘過去，安端覺得胸口鬆了……蘿拉，畢業後遠走國外，這些畫面不停浮現眼前……

庫爾丹太太回家（「幹嘛搭計程車？我們應該搭公車。」），把家中空氣流通流通（「安端，好歹你可以做吧！」），列出購物清單（「你給我聽好，麵包塊要買就買『厄德貝爾』的，如果沒有，就不要買！」）……

安端一直很受不了的這些事，很快都不需要再做了，可是目前，看到媽媽安然回家，他既開心又欣慰，所以她這些囉囉唆唆的絮叨，他都欣然接受。朋友打電話給她問好，她說「其實我比較害怕，痛還在其次。」她回家的消息在波瓦勒傳了三圈。

安端儘量拖著別進城，拖越久越好，以免被人搭話詢問他媽媽近況。「所以說白蘭雪出院了啊？那好，這樣最好，這樣最好，可嚇死我們了，你知道，我啊，當時我不在場，可是有人告訴我，她碰一聲就摔了下去，哦，對啊，我們擔心得要命哪！」他也擔心地自問：穆修特家向大家公開了他們家女兒未婚懷孕的不幸了沒？結果，並沒有，沒人知道這件事。無論是艾蜜莉或她父母都不想面對這種情形，因為如果換成是任何人未婚懷孕，他們都會大肆撻伐。

西奧三步併作兩步爬上鎮公所臺階，遠遠跟他打了個招呼。他也碰到了「小姐」，大家都這麼稱呼瓦納爾公證員先生的女兒。每週兩次，「小姐」都會離開護理之家（她父親過世後她就被安置在那邊），由看護推著，到鎮上轉轉。她在「巴黎咖啡館」露天座坐定。夏天她都上這兒吃冰淇淋，看護會擦掉滴落在她下巴上的冰淇淋，冬季，咖啡館則會為她奉上熱騰騰的巧克力讓她小口小口品嚐。她的輪椅已不再像昔日那般花枝招展、五顏六色，不過這名少婦本人倒是沒變，身體依然呈現乾枯葡萄藤枝蔓狀，我們還是可以看到，她那雙雪白冰冷的小手放在花格子毯子上，她的臉龐，直至今日依然還保有著那對嵌在死亡面具裡的熾熱眼神。

安端在每家店都耐心排隊，等著輪到他，商家裡面的客人東家長西家短，壓根兒不管時間，一扯就扯半天。

他覺得自己心滿意足，當然，極大部分都是因爲這些日子以來的疲勞終告紓解，但也反映出他那逐漸又安定的心理狀態。要是沒有艾蜜莉．穆修特這件事……就算有這件事，跟這些積累在他身上的種種威脅相比之下，他也只把它當成微不足道的小麻煩……艾蜜莉懷孕這件事又能怎樣呢？頂多花點錢就可以擺平，沒什麼大不了的。

他簡直不敢相信。

他眞的即將完成學業，遠離這一切，重建他的生活。

19

毫不奇怪，兩天後科瓦爾斯基先生宣告無罪獲釋，但在不輕易改變意見的波瓦勒居民眼裡，他還是犯罪嫌疑人，所謂無風不起浪，這是永遠都不會變的道理。

隨著安端的擔憂消退，彷彿回音似的，他媽媽對當地新聞的興趣也跟著消退，她不再跟住院時最後幾天那樣，貪婪地死盯著電視螢幕。不過唯有一點跟安端相反，她十分注意檢察官針對省法院記者提問所發表的聲明：

「不，對波瓦勒全體鎮民全面展開DNA檢測，這是不切實際的作法。今日政府財政遠遠無法負擔全面檢測計畫之實行，尤其是這麼做並不會有任何嚴謹的數據支持，因爲沒有任何客觀理由足以指稱符合DNA比對的人士，可以證明我們要找的嫌犯（如果此人眞的是殺害小雷米．德斯梅特的凶手的話！）就是波瓦勒居民，而不是某個來自鄰鎮，只是路過此地的人。」

「這就對啦！」庫爾丹太太嘀咕著，彷彿這位行政法官證實了她一直捍衛著的某種理論。

最後一個障礙也已排除，安端現在隨時都可離開，而且庫爾丹太太已經恢復體力，是時候該回去準備自己的考試了。

「這麼快就要走？」庫爾丹太太問是這麼問，其實連她自己都知道安端不會久留。他媽媽堅持非「小吃一頓」不可（她覺得重要的東西，全都稱之爲「小」），於是她穿上大衣，出發前往鎭中心採買，她矯揉做作，狀似謙虛，害安端都笑了出來，因爲她在鎭上店家成了大難不死的奇蹟般的頭號人物。

安端收好行李，他沒有打電話通知蘿拉，他想悶聲不吭的回去，給她一個驚喜。

吃飯時，庫爾丹太太幫自己倒了點波爾圖甜葡萄酒，母子倆默默吃著，沒怎麼交談，他們兩人竟然會在這種預料外的情況下一起用餐，兩人都有點驚訝，因爲兩天前，一切都還不明朗。

飯後庫爾丹太太看了看時鐘，打了個哈欠。

「你還有時間。」她對安端說。

趁他臨走前，她先上樓去打個盹。屋裡頓時一片寂靜。

然後門鈴就響了。安端開了門，原來是穆修特先生。

這兩個男人彼此都沒做出半點要握手致意的樣子，兩個人都因爲這種失禮的場面而感到尷尬。安端這才意識到，他從未跟艾蜜莉父親面對面直接說過話。

他側身讓開，請他進門。

穆修特先生十分高大，頭髮剃得跟軍人的一樣短，鷹勾鼻。他永遠都有維護自己尊嚴和表現男子氣概的意願，整體說來，他隱約有一張羅馬皇帝般威嚴的臉，要不就是像上世紀的小學老師，而且他還眞的雙手負於身後，使得他走起路來昂首闊步，下巴高抬。

安端渾身不對勁，他一點也不想忍受道德訓斥，艾蜜莉懷孕這件事只是個意外罷了。如果穆修特家堅持非要艾蜜莉把孩子生下來，安端也莫可耐何，他一點罪惡感都沒有，但是他清楚感覺到，端看穆修特先生這副破釜沉舟，甚至可說來勢洶洶的態度，只怕自己不會那麼容易脫身：來者是衝著錢，看來已經有人把主意打到會賺錢的醫生頭上了。

安端握緊雙拳，有人想趁機撈一筆，自已在法律上有什麼權利？他還沒查過……

「安端，」穆修特先生開口說道，「我女兒終於說出是你主動勾引她的。你非堅持那樣，她才……」

「我可沒性侵她！」

安端很本能地採取攻勢，死不認罪是最有效的態度，他不打算讓別人隨便給他大帽子戴。

「我沒這麼說！」穆修特先生表示抗議。

「那最好。我提出解決辦法，艾蜜莉自己不聽，這是她的選擇，也是她的責任。」

穆修特先生還是聽不進去任何話，而且十分不快。

「你該不會是說……」

他卡住，說不出話來。安端自忖，艾蜜莉有沒有跟他父親說過他建議她墮胎？還是他現在才知道他有這個意思？

「沒錯，」安端確認，「我就是這個意思，現在還有可能。這……這已經是極限了，不過還有可能。」

「生命是神聖的，安端！天主的旨意是……」

「少拿天主煩我！」

穆修特先生看起來好像剛被打了一巴掌。他扮羅馬皇帝扮上癮，早就忘了自己是老幾，這更加鞏固安端採取主動出擊的攻勢。

兒子大吼聲引起庫爾丹太太好奇，兩人在客廳聽到從樓梯那傳來腳步聲。

「安端？」她問，邊踩下最後一級臺階。

他沒有轉過去看她。庫爾丹太太探出頭，看到這兩個男人面對面，眼光異樣，劍拔弩張，看起來好像準備幹架……於是她又踮起腳尖走回房間。穆修特先生憤恨難平，甚至沒意識到她的存在。

「可是你畢竟……你畢竟害艾蜜莉清白掃地！」

他現在說話的音量較低，刻意強調每個音節，他不敢相信自己的耳朵，安端剛剛說的詆毀天主的話實在是大逆不道。

「哦，關於你所謂的『清白掃地』這個問題，她的『清白』可沒等到我才『掃地』，這點我可以向你保證。」安端加上這句以強化防禦工事。

這一次，穆修特先生被激怒了。

「你侮辱我女兒！」

兩人的交談極不順利，安端厭惡他拿著艾蜜莉腹中懷的胎兒當擋箭牌，但他並不打算俯首稱臣，他決定扭轉形勢：

「你女兒想拿自己身體怎麼樣就怎麼樣，不關我的事，反正我不可能娶她。」

「她原本都訂婚了！」

「是的，嗯，她訂不訂婚可不妨礙她和我親熱呢。」

安端不得不豁出去才能脫身，面對像穆修特先生這種人，最好別陷到太多細微差別裡面。

「聽好，穆修特先生，我理解你的難處，但是你知我知，你女兒有經驗得很。好，她懷了某個人的孩子，這一點是肯定的，但我在這件事裡面，並不需要負更多責任……這麼說吧，不用比別人負更多責任。」

「我早就知道你是個無恥的下流胚。」

「那麼，下回你還是建議你女兒好好挑上床的對象吧。」

穆修特先生連連點頭，「好，好，好……」他迭聲說道，「既然你要這樣……」他從背後抽出一份報紙，跟蒼蠅拍似的在眼前揮舞。一份本地報。安端看不到報上的日期。

「我們知道……現在可以做測試！」

「什麼意思？」

安端已經臉色蒼白。

穆修特先生意識到自己正中要害。

「我會告你。」

威脅在安端眼前清晰顯出輪廓，但此時此刻他還沒辦法明白，這威脅會對他這一生造成什麼影響。

「我要告你，逼你去做基因測試，測試會證明你就是我女兒肚子裡的孩子的父親，無可爭議！」

安端感到震驚，嘴巴大張，無法平靜思考當下這種情勢。

這個傻蛋說了一些連自己都不知道後果會有多嚴重的話。

「你給我滾。」安端萬念俱灰，低聲說道。

「你還有轉圜餘地，」穆修特先生下了最後通牒，「看你是比較重視榮譽？還是選上恥辱這條路，害艾蜜莉蒙羞，也害你自己蒙羞。因爲，你知道嗎？沒有任何東西可以讓我改變主意！我會去法院，我會要求對你非取樣不可，不管你願不願意，你都得娶我女兒，認這個孩子！」

他雄赳赳地轉了半圈，砰的一聲關上門。

安端需要撐著以免跌倒，他死抓住門框。他得想辦法對付。

他三步併作兩步上了樓梯，進到自己房裡，把自己關起來，在房裡來回踱步。

難道說他會被迫娶艾蜜莉．穆修特當老婆嗎？

這個想法令他噁心。而且他們會住哪？艾蜜莉絕不可能同意遠離父母到國外去。

不管怎麼說，如果他是一個有著一兩歲小孩的父親，人道主義組織會怎麼審核他的申請？

他會被判終身監禁，留在波瓦勒？

他無法忍受。

安端試圖以最具體的方式想像情況：穆修特先生告他，他進去法官辦公室，法官覺得這樁告訴案件很荒謬。「穆修特先生，唯有性侵，院方才能受理檢測ＤＮＡ，」他會說，「你的女兒有提起性侵告訴嗎？」

沒有。安端放心了：沒有法官會接下這樁驗ＤＮＡ的案件，這是不可能的。

但與此同時，法官並沒有忘記問另一個問題：「安端．庫爾丹，既然你這麼肯定自己不是孩子的父親，那麼，你為什麼不敢做ＤＮＡ檢測呢？」

法官肯定會對這個拒絕做基因測試的男子產生懷疑……而，現在正值針對雷米．德斯梅特殺人犯做ＤＮＡ檢測如火如荼的時刻，安端．庫爾丹又正好是雷米生前最後一個看到他的人其中之一……

因此，爲了審愼起見，警方會再度傳訊安端。

而他知道自己再也承受不了警方訊問他任何關於十二年前發生的那樁事，他就是受不了，他會嘗試再次撒謊，但他會漏洞百出，他自己就會壞事，會驚動法官，法官會因而心生懷疑，因爲這可不會是第一次未成年暴力流血罪犯被捕，任何事都有可能。

搞不好連法官都會逼他做基因測試……

他最好還是讓步，測就測吧。

何況現在做ＤＮＡ測試，好把這件事做個了結，安端再也受不了自己這麼疑神疑鬼下去。

做測試可以去除他是孩子的爸的疑竇，這個想法帶給他些許安慰，因爲就算他眞是這個孩子的父親，他可以付贍養費，就這樣！別想叫他賠上自己一輩子，去娶這個……他找著該怎麼形容艾蜜莉，可是找不著。

他聽到隔牆傳來幾聲低沉聲響，非常輕微，有點像在旅館房間裡面躡手躡腳，以免太大聲的那種聲音。

是他媽，像往常一樣，裝作若無其事在打掃已經很乾淨的房間，他整個童年都看到他媽媽這麼做。

安端幾乎聽得到、身體就感受得到他媽媽的存在，這點令他冷到骨子裡……萬一檢測出來，證明他真的是孩子的爸，也就是說「罪魁禍首」，結果他還拒絕娶艾蜜莉．穆修特，這件事就會傳遍全鎮，庫爾丹家會變成千夫所指。

他媽媽的生活會變成什麼樣？

她得承擔名譽蒙塵，她兒子是個拒絕履行責任義務的懦夫，所有其他人都會把她當成是一個人渣的母親，會對她另眼看待，斜眼觀察，品頭論足，道德羞辱，這種日子她絕對過不下去，不，那是不可能的。

安端只有他媽媽，他媽媽只有安端。

他不能把這種折磨強加於母親身上，她會活不下去。

他只有一個解決辦法：接受測試，但願結果能證明自己清白。

沒有什麼是比DNA檢測更確定的了。

可是另外還有最重要的一點。

安端彷彿又聽到那個記者說的話：

「……採集DNA可以讓警方跟一九九九年被害者身邊找到的毛髮做比對。」

安端頭暈目眩，只好坐下。要是他屈服去做了測試，不管他是不是孩子的父親，DNA結果都會列檔建冊儲存在某處……

他就會因而「存在」。

會存在很久，非常久。他做的測試會被列入哪份檔案？由哪個行政部門負責？難道警方會漏掉他嗎？遲早都會找上他……找到殺害雷米．德斯梅特凶手的DNA。

搞不好明天，隨便哪個司法裁定就會授權所有現存DNA檔案都可彼此通用……

這把達摩克利斯之劍將永遠懸在他頭上[5]。

唯一的解決辦法就是拒絕檢測。

安端轉了一圈又回到原點，陷入僵局：做測試？不做測試？結果都一樣。

今天沒發生的問題，明天就會成爲威脅。

尤其是會威脅一輩子。

「你搭幾點的火車？安端。」庫爾丹太太走過來，安端沒聽到，她探頭進來。

立即發現兒子狀態不好，甚爲煩躁。

「好吧，反正不搭這班，還有其他班可搭。」她關上門，下樓去了。

安端在房裡走來走去，試圖集中思緒，但總是回到同一個顯而易見的事實上：他唯有一條出路——阻止穆修特先生提告。

要不然就得準備生活在憂慮之中，經過一場全國關注的訴訟案後，殺小孩子凶手的可怕命運在等著他，被關個十五年都有可能……所有到目前爲止他都成功逃過的一切，這一次全完了。

如今距離他十二歲時犯下的一樁凶殺案，已經過了十二年，殊不知那場悲劇的最後一幕或許此時此刻此地才正準備上演……

夜幕驀地垂下。

他聽到他媽媽默默上床去睡覺，一句話都沒問。

直到早上，他都在房裡走過來走過去，對他來說，這絕對是個天大的災難。他的生活完全一敗塗地，他那抑鬱悲傷的童年已經注定了自己這輩子的悲慘命運。

天亮時，安端自忖，他跟艾蜜莉在一起的那個夜晚，不知道是不是他自己判了自己的刑？他犯下罪行的懲罰不是在牢中解決，而是令他厭惡的一輩子正在等著他，他必須過的生活裡面有著他厭惡的一切，而且是跟一些不怎麼樣的人一起度過，他雖然從事一個自己喜歡的職業，卻處於一個他憎惡的環境之下。

這就是他的懲罰：付出他一輩子來換取自由。

到了早上，安端已經俯首認輸。

5 源自希臘傳說：狄奥尼修斯二世請達摩克利斯赴宴，命其坐在用一根馬鬃懸掛著的利劍之下。意指令人隨時處於一種危機狀態。

2015年

20

雨下個不停，下了一個多禮拜。從下午開始，直到現在夜幕已經低垂，如果再加上雨下個不停這一點，來回奔波就變得非常累人。安端儘可能做最好安排，規劃順路的合理路線，可是途中電話不斷，害他不得不掉頭轉回馬爾蒙兩次，瓦罕尼三次，忙得焦頭爛額。

安端看了看錶，六點十五分，候診室八成已經有十一二個人在等著，看樣子，今晚九點前絕對到不了家。他從後視鏡看到自己的臉，過幾天就是他的婚禮，他決定讓小鬍子長出來，並且就這麼留著，留鬍子害他看起來老了不少，連他媽媽都這麼說，但，無論是對他，還是對艾蜜莉，這一點不重要。她啊，反正……這個女人，還眞的是一個大「茶包」。起初他對她非常生氣，他氣自己太容易上當，太沉不住氣，他甚至想過乾脆去做基因測試算了，但他並沒有做，因爲這完全不會改變他現在已經在過的這種生活。爲時已晚。

於是，他才平靜下來，以別種眼光看待自己的妻子。他不愛她，但他懂她，她是花蝴蝶，定不下來，三心二意，很容易暴怒，事前既無徵兆，事後也不懊悔。她還是那麼漂亮，分娩幾週後就恢復身材，腹部平坦，胸部完美，還有那一直都如此渾圓的臀部。他看到她在淋浴的時候，依然會被她的美給震懾住。他有時候會趴在她身上，她來者不拒，永遠都可以，她裝高潮，發出悶悶的叫聲，「都是因爲小貝比在的關係，」她轉身向他保證，「這次比上次更棒。」語畢，立即沉沉睡去。看著艾蜜莉，安端肯定她從來都沒高潮過，跟任何人都沒有。他再也不理會他們的性關係如何，作爲一名醫生，他只管要她多多注意自己的身體，但是完全失敗：這個女人是個自走砲，完全不受控制。

某次，他出門後又突然折返家中，看到艾蜜莉從地下室上來，邊整平裙子，順順頭髮，接著又發現原來下面還有一個臉紅紅的水電工，工具箱連開都沒開。起初，這令安端感到心碎，如果他愛她，他會很傷心，事實上，他的確有點傷心，但不是因爲水電工的緣故。

不管艾蜜莉在餐桌上、在廚房裡，他私下偷偷觀察她，每次看到這個爛攤子，他的心都揪了起來：艾蜜莉美到令人心痛，腦袋卻空得令人心酸。

艾蜜莉什麼都全盤接受，不論誰都接受，她就這麼接受了跟安端過的這種生活，其間夾帶著偷情癖好與匆匆打上幾炮。

除了跟西奧以外。兩年前西奧接下他父親的工廠，連著兩屆都參選，代父出征，也順利當上鎮長。如今他穿著Diesel牛仔褲，完全一副時下小老闆、當代新貴的派頭，主持鎮務會議時則改穿白襯衫，但不繫領帶，去戰爭紀念館前接受工會人員陳情，則換上Converse籃球鞋，狀似平易近人，邊跟每個人稱兄道弟，藉以親近受薪階層。跟醫生，一個兒時玩伴的老婆有一腿，這種事不入流，他才不屑。

安端被一輛原木卡車擋住，卡車正在國有林地中間道路上風馳電掣，他只能等。他對這種風平浪靜的時刻抱持懷疑，或許這就是他最終還熱愛這份工作的原因：鄉下醫生。一年前他買下狄拉弗醫生轉讓給他的診所，在鄉下行醫，要嘛撐不過一兩個月，要嘛就是一幹就幹上一輩子，非此即彼，沒有中間地帶。這是眞的。他立刻就全心投入，他八成永遠都離不開了。

至於其餘部分……生活就這麼安定了。

打從第一天起，艾蜜莉始終如一，長篇大論一些聽了就令人傷心的陳腔濫調，他岳父抬頭挺胸，因爲他女兒現在是「先生媽」，岳父母幫他們帶小孩，因爲安端「忙著濟世救人，沒時間管這個」，這話不錯。

小馬克西姆於四月一日出生。嗯，光是他在愚人節出生這件事，三個人就拿著這點開了好多不好笑的玩笑，至於都是些什麼笑話？那就甭提了！「而且他是白羊座的喲，注意，欸，不是雙魚座啦！哈哈哈！」馬克西姆這個名字，穆修特一家老早就取好了，穆修特先生（除了他還有誰？）非要他叫這個名字不可。

結婚之後（光結婚本身就已經是一樁可怕的事：四個人，整整三個月全面投入，家庭會議商量喜帖，教會聚會商量彌撒，婚宴討價還價，光爲了要邀請哪些人就快撕破臉，簡直比下地獄還可怕），艾蜜莉懷孕期間，更是全體總動員，附庸還有附庸的附庸，全員戒備，因爲，無可爭議，她是打從上帝創世以來第一個懷孕的女人。

艾蜜莉是一個極有成就感的孕婦，她挺著高高隆起的肚子，極其明顯，這是財富象徵，她帶著勝利微笑，超過每個排隊的人，跟店家要椅子，喘氣喘得好大聲，毫不掩飾，大聲到令人擔心的地步，她把妊娠期間的首要及次要效果著實操弄了一番，任何人、任何事都不放過，身爲孕婦的她就是有權利做出任何事：疼痛，腹瀉，嘔吐，嗜睡，「我還以爲是小貝比在亂動咧，並沒有，其實是屁啦！對，放屁！都是因爲腹部壓縮的關係。懷孕是很冒險沒錯，是啊，是很辛苦（她很喜歡這個詞），可是懷孕也是『人生在世的一份美妙禮物』啊！」每逢她精神很好的時候，她還會即興發表演說取悅大家，說出「生孩子是身爲女人最美妙的冒險」這種話。

安端鬱悶至極。

他對自己兒子最深的感受既不是愛，也不是恨，而是這個兒子並不屬於他的人生。艾蜜莉和她母親不斷拿玩具娃娃逗弄小貝比，安端只是走過去而已。他對小馬克西姆就跟對鎮上大多數的寶寶那樣照料，他兒子只不過是其中之一。

馬克西姆開始走路，開始說話，然後，發生了一件出乎安端意料的事，兒子竟然跟穆修特家的人長得不一樣，有時候他有一種感覺，這孩子長得竟然像他，這令他感到受寵若驚，雖然從前他看到別人因爲小孩跟自己很像就洋洋自得，他一直都覺得荒謬可笑。

或許是因爲他希望兒子像他，所以才會感知到這種相似性，目前，他僅限於從旁觀察馬克西姆，他不知道他們未來的關係會怎麼樣。

安端又發動了車，右轉，我的老天爺，他都遲到了一個半小時，候診室八成坐滿了等著看診的人，不過這也沒辦法，就讓他們等吧，話說回來，他們還眞的會一直等下去。安端自從執業以來，很快就成爲大受波瓦勒人歡迎的醫生，因爲「好歹我們認識這個醫生的母親」。

他把車停在臺階下，車鑰匙沒拔就下了車，爲了躲雨，連忙衝進這間大屋子裡，他不打算待太久，但他答應會來。「醫生你好，沒想到你會這個時候過來，大衣給我吧，你知道嗎？她都等得不耐煩了。」

是啊，可是她老是假裝關心別的事，毫不在意呢。他一走進房間，她一臉驚訝地仰望著他，「啊，是你啊，醫生，什麼風把你吹來的？」

「小姐」今年三十一歲，看起來比實際年齡老十五歲，別看她瘦得皮包骨，安端知道這付骨架子絕對還可以跟死神抗衡個幾十年，就算「小姐」曾經有過尋死的念頭，那種想望也過了，有點像當初安端想逃跑那樣。

他拉過椅子，手伸進包裡，環顧四周，東張西望看了良久，掏出一塊巧克力，偷偷塞到「小姐」的毯子下面。這是私底下偷偷進行的，每個人都知道這樣不對，但她就是吃了，甚至醫生就是她的頭號供應商。

「小姐」謹愼地掀開毯子一角，看了看巧克力品牌，做了個噁心的鬼臉。

「你有點輸不起，醫生。」

從安端接下狄拉弗醫生在安養院的工作後，他和「小姐」才開始下棋，但他從來都沒時間好好下一局，於是她想出一個好點子：他們現在透過電子郵件來交手。安端先在車上想好策略，還沒進病房前先回她，看診時再收她的回應，然後再回她。「小姐」說得沒錯，他的確有點輸不起，不是因爲失敗，而是因爲他老是習慣失敗：他和她下棋，連一局都沒贏過。他每輸一次，來看她時就帶一塊巧克力送她。

「我不能留太久，我都晚了快兩個鐘頭。」

「你的病人，他們要走就走唄，搞不好這樣對他們才好！要是他們好多了，明天早上你再幫他們看診，他們就會痊癒了啊！」

兩個人跟老夫老妻似的，每次都一搭一唱。安端握住「小姐」的指尖，冷冰冰，全是骨頭，她貪婪得握住安端的手，「謝謝，再見。」

又回到雨中。波瓦勒。

這幾年波瓦勒鎭有了變化。聖厄斯塔什遊樂園很成功，旺季時，全區的人都會過來，成了鄰近地帶的親子樂園，當初的計畫奏效。韋澤先生讓波瓦勒大變身，所以他兒子首輪就當選。觀光旅遊促進了當地就業，商家都很開心，而一個鄉鎮，只要商人都很滿意，這個鄉鎮也會跟著很滿意。

此外，這種轉變也跟木製玩具業重振的契機相符合。九〇年代沉寂了好一陣子，如今因爲國人環保意識推波助瀾，木製玩具又重新掀起流行風潮，大家又開始愛用白蠟木做的小火車和冷杉製陀螺。成立於一九二一年的韋澤木製玩具工廠，如今幾乎恢復經濟危機前的就業水準。

候診室人滿爲患，又濕又熱，濕氣順窗流下。

安端稍微打開一點窗戶，除了他，別人都不敢冒昧這麼做。他跟候診的病人打招呼，邊搭配一點手勢，意思是請原諒他遲到。一陣嘟囔雜音，大家就喜歡忙得不可開交的醫生，這才代表他醫術高明啊。

他認出有弗里蒙特先生、凡樂婷，還有其他幾個人。安端醫術精湛，狄拉弗醫生因爲安端能接下他的棒子大表歡迎。有鑒於狄拉弗醫生對從醫職志的熱情，原本安端還有點怕他會拒絕放手，擔心他只願意跟他合作，而且會不斷介入，結果完全不是這回事。狄拉弗醫生不但立刻就把診療室賣了，還遠走河內北部的小鎮越池，到那邊去照顧他媽，一個八十多歲的老太太，母子倆將近五十年沒見。臨行時，他把每個病人鉅細靡遺的病歷留給安端，他花了無數時間在這上面，細節就是老醫師的嚴格要求，如此一絲不苟，才能處理最棘手的病例。

安端就是在這個時候才發現科瓦爾斯基先生也掛了號，不過他還沒在診間看到他就是了。至於凡樂婷，他得好好跟她商量商量，她一年都會上門六次，請他開病假證明，隨她前來的還有幾個小毛頭，以激起安端的同情心。安端跟她在一起總是顯得很無力，他不願幫她出具不實病假證明，但他還是開了。雖然他不承認，但是凡樂婷在他的個人歷史上具有令他爲難的尷尬地位，她畢竟就是那個因爲弟弟失蹤而飽受打擊的少女，她是那個被安端殺死的小孩的姊姊。

安端今天早中晚各有一攤，他花了點時間幫今天的第三攤安頓好，整理設備，檢查一切是否都按部就班，把錢包收到辦公桌第一個抽屜裡，唯一一個有上鎖的抽屜，其實比較是防君子不防小人，因爲就連十歲小孩拿裁信刀，只要幾秒鐘都打得開。

他唯一只寫過一封信給蘿拉：蘿拉（而非『我的愛』，不留給她任何想像餘地），我要離開妳（簡單、清楚、決絕），隨後是一段有關艾蜜莉的冗長解釋，其實他一直都愛著艾蜜莉，她懷了他的孩子，他要娶她，這樣比較好，我沒辦法讓妳幸福等等。就是那種白目、糊弄、想也知道會怎麼樣的信，所有懦弱孬渣會寫給自己最後決定要離開的女人的那種信。安端不太知道爲什麼，他把蘿拉寫給他的回信就放在這個抽屜裡面。

蘿拉收到他的信後，立即回信，一大張白紙左上角只有一個字：「好。」

他折起來，收進抽屜，鎖好。隨著時間過去，他甚至都快忘了。

安端幫凡樂婷開了一個禮拜的病假證明，接下就幫科瓦爾斯基先生看診，乾癟的男人，聲音溫柔，手勢緩慢卻細膩。安端聽了聽他的心跳，他的心臟已經累了。幫他量血壓時，往他的病歷瞄了一眼，嗯，他記得科瓦爾斯基先生是鰥夫，他迅速推算了一下他的年齡，六十六歲。

「好，病毒感染。」

科瓦爾斯基先生和藹地笑了笑，一臉聽天由命。安端幫他開處方，他每次都會叮嚀，總是會強調劑量，儘量寫得清楚一點，不會擺出一副醫生高高在上的樣子。

他把處方箋拿給科瓦爾斯基先生，送他到診間門口，握了握手。

弗里蒙特先生已經起身往前，此時安端突然一陣衝動，他沒花時間多想，立即叫道：「科瓦爾斯基先生？」

每個人都轉過頭往門口望去。

「呃，你可以回來一下嗎？」安端問。

他對弗里蒙特先生比了個抱歉的手勢，「不會很久，不好意思。」

「請進，」他說，邊指著科瓦爾斯基先生剛站起來的椅子，「請稍坐片刻。」

他繞到辦公桌後，又拿起病例，重新查閱。

安德烈．科瓦爾斯基，一九四九年十月二十六日出生於波蘭格丁尼亞。

安端強烈感受到自己的直覺如此可信，當下受到啓示，但片刻之後，似乎又完全失效，他又沒那麼有把握了。

科瓦爾斯基先生雙眼低垂，看著自己的膝蓋，安端立刻就確信自己想的是對的。

安端自已也沉默了好長一段時間，不知該從何說起……因爲這扇藏著祕密的門隨時都有可能打開，他不知道門後會有什麼，他也不知道自己還能不能關上這扇門。他手上拿著這份病歷，他的病人：安德烈。

「幾年前，家母陷入昏迷好幾天，」他開口說道，並沒有抬起眼睛。

「我記得這件事，當時我聽到這個消息，不過她現在應該好多了，不是嗎？」

「是的，嗯……家母在醫院神智不清的時候，叫了好幾個親近的人的名字，家父的，我的，我不知道……」

「不知道什麼？」

「我不知道她是不是也有叫到你的名字？安德烈伊，是你的名字，對不對？」

「安德烈伊是我受洗時的禮名，法國這邊都叫我安德烈。」

或許安端走錯了路，但是現在既然他心生疑問，他還是忍不住問道：

「我母親也叫你安德烈嗎？」

科瓦爾斯基先生馬上皺起眉頭，盯著安端看。他會發火，站起來，走出去，還是回答？

他輕聲問：

「你究竟想說什麼？庫爾丹醫生。」安端站起來，繞辦公桌一圈，又回來坐在科瓦爾斯基先生身旁。

他經常看到他，經常注意到他，因爲就跟別人一樣，他魁梧的身材總是會引起他一種不知所以然的不適感，但是現在，他仔細端詳他，怪了，他身上散發出一股泰然自若的安定力量，那是爲人父者自然而然會對年幼小孩散發出來的那種慈愛的力量。

這些想法在安端心中交戰，乃至於他再也不知道怎麼讓對話繼續下去。他的對話者似乎並不尷尬，相反的，他給人一種他永遠都不會說什麼的感覺，他希望保持沉默。

「你要是不想跟我談，」安端說，「你隨時可以出去，科瓦爾斯基先生，千萬不要覺得勉強。」

科瓦爾斯基先生陷入長時間思考，思索著自己該怎麼做。

「我上個月申請退休，醫生。我在南部有一個小房子。」

他稍稍苦笑了一聲。

「我說房子，是爲了聽起來好聽，其實是一輛篷車，不過這畢竟……篷車畢竟是我的，我會在那邊養老，我不認爲我們會再見面，醫生，我原本打算……我從來沒有想到，你今天會問我這個，在這邊，像這樣……」

他們說出來的句子脆弱，緊繃，這些句子緊緊懸在一根細繩上，隨時有可能掉下，摔碎。

「我跟你提到我退休的事，是爲了告訴你，如今這一切都已經過去，再也不重要。」

「我懂。」

安端雙手置膝，準備站起來。

但科瓦爾斯基先生制止了他。

「我很好奇，你知道嗎？」科瓦爾斯基又說道，「十二月那一天我看到你的時候……」

有片刻的時間，安端暫時無法呼吸。

「我開著車，穿過森林到了聖厄斯塔什森林邊上，突然，就在那邊，我在後視鏡裡看到一個男孩跑著穿過馬路，躲躲藏藏，我立刻認出來是你。」

安端感到前所未有的恐慌之情油然升起，四年來過著平靜的日子，他以爲自已這輩子永遠可以高枕無憂，正當他的生活宛若流沙那般陷入常規，倏忽間，一切都回去了，雷米．德斯梅特的死，肩上扛著那孩子的屍體，穿過聖厄斯塔什森林，雷米那雙小手消失在倒塌大欅木下的深淵裡……

他刷地一下擦了擦額頭上的汗水。

他彷彿又看到自己，走在回波瓦勒的路上，蜷縮在溝裡，過馬路前先東張西望，偷看往來車輛。

「於是我就停在稍遠處。我停好車，下了車，過去看看發生什麼事。心想搞不好你需要幫助，當然，我沒找到你，你已經走遠了。」

科瓦爾斯基先生是當時唯一一個可以將調查導向他的目擊證人；結果反而是他自己遭到逮捕，是他自己擔驚害怕，直到四年前發現雷米的屍體，他又被逮捕一次，還再度被警方傳去問話。

「你……」安端開了口。

「都是爲了你母親，你懂的。我很愛她，你知道嗎？我想她應該也很愛我。」

他低下頭，他的膚色因爲這場大膽露骨的坦白交心而泛起紅赭。

「你會覺得很可笑，我年紀都一大把了，可是……我對她是一種瘋狂激情。」

不，安端並不覺得荒謬，他這一生中，也曾經有過瘋狂激情。

「我從來不想說那天我做了什麼，因爲……我們在一起，她和我，就在那輛車裡，我不想害她名譽受到牽連……她希望我們的關係不要公開……這些事情必須尊重女方。」

爲了避嫌，庫爾丹太太一直都表現出跟科瓦爾斯基先生保持距離，對他嚴詞厲色，沒半句好話，如今回想起來，她這些蠻橫批評，對他而言，何其殘酷。

安端想把這一切拼湊起來，但不容易：科瓦爾斯基先生停下車。他是怎麼對庫爾丹太太說的呢？

她在車上轉頭去看，結果什麼也看不到，不知道科瓦爾斯基跑去做什麼？她不想留在那邊，停在路邊，她不希望被別人看到。

科瓦爾斯基先生下車找安端，他剛看到安端驚慌失措朝波瓦勒那邊奔去，他沒找到他，他放棄，回到車裡，重新發動。

他們說了些什麼呢？

「我什麼也沒告訴她，我沒多想，這有點像反射動作，我覺得……怎麼說呢……我就是覺得告訴她並不好。」

他媽媽和這個男人之間的這種關係，讓安端感到不自在，令他難以自處。當然不是因爲他們幽會這件事本身可恥，而是一般人對自己父母竟然也有性生活多少都會感到震驚詫異，即使是醫生也不例外，所以說，當然有因爲這點的關係，但也因爲還有更令他困擾、更複雜的事，他需要時間好好想想，而他想弄清楚的重點就在於：他們是什麼時候在一起的？

安端出生前很久，庫爾丹太太就在科瓦爾斯基先生那兒工作了……他出生前兩年？還是前三年？安端的父親是什麼時候離家的？哪一天？哪一年？影像混在一起，天旋地轉。

安端突然一陣噁心。

他轉向科瓦爾斯基先生，發現他已經站起來，已經走到門口。

「所有這一切都再也不重要了，醫生。每個人都會不停自問許多問題，你知道的……我也不例外……然後，到了某一天，我們自然就會停止，不再發問。」

這個男人，他曾經忍受過這麼多苦難，現在反而找話來安慰安端。

安端渾身發抖，彷彿下著大雪，沒穿大衣就走到戶外。

「醫生，尤其是，你千萬不用擔心……」

安端張了張嘴，還來不及吐出半個字，科瓦爾斯基先生已經走了。

兩天後，他收到一個小包裹，看診前，他打開，放在診間桌上。

他的手錶。綠螢光錶鍊。錶當然停了。

謝忱

倘若沒有巴絲卡琳娜的陪伴，這本小說不可能見到天日。

感謝吾友帕特里斯・勒孔特（這位有如我那寬大爲懷的主保聖人聖馬丁）寫了那封信，寫得正是時候。既然提到朋友，哪能忘記尙—達尼埃爾・巴勒塔薩（這位有如我登山的主保聖人聖伯納德）和我最知心的好友傑哈・奧貝爾呢？

萬一《三天一生》這本小說哪邊有失誤，該責怪的既非丹尼爾・溫布倫，亦非弗朗索瓦・達兀思特，也不是塞繆爾・蒂利，要怪，全都怪我一個人。

殊不知，正相反，我由衷感謝以上諸位的幫助與建議。

英國科幻小說家赫伯特・喬治・威爾斯（H. G. Wells）在他的《關於多洛雷斯》（*Dolorès*）一書的序言中寫到：「東拿一點，西拿一點；總是從朋友處借點什麼用，要不就是在火車站月臺上瞥見的某個正在等火車的人；有時候甚至會借用報上社會新聞的某個句子、某個點子。這些就是寫小說的方法；別無他法。」我欣然贊成他的這種說法。

因此，在創作《三天一生》這本小說的過程中，我從他處借用來了許多影像、措辭。以下就是一些我能夠確定出處的作家（排列順序亂七八糟，敬請原諒）：辛蒂亞・弗勒里、尚—保羅・沙特、喬治・西默農、路易・居路斯、維吉妮・德龐特、蒂埃里・達納、亨利・龐加萊、大衛・范恩、納撒尼爾・霍桑、威廉・麥爾文尼、馬塞爾・普魯斯特、揚・莫瓦克斯、安伯托・艾可、馬克・杜根、卡爾・奧韋・諾斯加德、威廉・蓋迪斯、尼克・皮佐拉托、路德維希・勒威森、荷馬和我自己的小說《羅絲與尚》，當然絕對還有其他的……

藍小說277

三天一生

作　者—皮耶・勒梅特
譯　者—繆詠華
主　編—嘉世強
編　輯—張瑋庭
企劃經理—何靜婷
封面設計—張溥輝
內文排版—極翔企業有限公司
發 行 人—趙政岷
出 版 者—時報文化出版企業股份有限公司
10803臺北市和平西路三段二四〇號三樓
發行專線—（〇二）二三〇六—六八四二
讀者服務專線—〇八〇〇—二三一—七〇五
（〇二）二三〇四—七一〇三
讀者服務傳真—（〇二）二三〇四—六八五八
郵撥—一九三四四七二四時報文化出版公司
信箱—臺北郵政七九～九九信箱
時報悅讀網—http://www.readingtimes.com.tw
電子郵件信箱—liter@readingtimes.com.tw
法律顧問—理律法律事務所　陳長文律師、李念祖律師
印　刷—勁達印刷有限公司
初版一刷—二〇一八年三月三十日
定　價—新臺幣三〇〇元
（缺頁或破損的書，請寄回更換）

時報文化出版公司成立於一九七五年，
並於一九九九年股票上櫃公開發行，於二〇〇八年脫離中時集團非屬旺中，
以「尊重智慧與創意的文化事業」為信念。

三天一生 / 皮耶・勒梅特著；繆詠華譯 . -- 初版 . -- 臺北市：時報文化, 2018.03
面；　公分 . --（藍小說；277）
譯自：Trois jours et une vie
ISBN 978-957-13-7359-1

876.57　　107003695

ISBN 978-957-13-7359-1
Printed in Taiwan